狼将軍のツガイ

天野かづき

22660

角川ルビー文庫

目次

狼将軍のツガイ　五
あとがき　二五三

口絵・本文イラスト／陸裕千景子

続いていた長雨が終わり、晴れ間の多くなり始める夏の初め。

静かな夜の森の中に、ぽつんと建つ小さな家があった。

四段の階段を上がると、手摺(てす)りつきの狭(せま)いテラスがあり、そこには木製の小さなテーブルと椅子(いす)、いくつもの植木鉢(うえきばち)が並んでいる。

木で作られた家はところどころに補修の跡(あと)があり、閉められた雨戸の端(はし)からは、ほんのりと明かりがこぼれていた。

「こんなものかな」

ランプの明かりのついた室内で、ごりごりと乳鉢(にゅうばち)を擦(す)っていた手を止めて、セルカは小さく息を吐(つ)く。それから両手を上に上げて伸(の)びをする。さすがに少し肩(かた)が凝(こ)った。これを包んだら、終わりにしよう。

小さく切った油紙を取り出し、秤(はかり)を使って調剤(ちょうざい)したばかりの薬を包んでいく。

明日は街に行く日だ。できるだけの支度(したく)をしなくてはもったいないと、こんな時間まで仕事に精を出してしまった。

セルカの仕事は薬師(くすし)だ。森に住み、森に生える薬草を摘(つ)んだり、育てたりしながらそれを薬に変えて売る。

もともとは祖母の仕事だったが、祖母が亡くなって以来はセルカが引き継いだ。

親はいないため今は一人で暮らしているが、暮らしていくのに充分なだけの知識を残してくれた祖母には感謝している。

いや、正確に言うならば、感謝しているのは糊口を凌ぐ仕事としての知識だけではない。

「Ωの匂いを抑える薬も、発情期の症状を抑える薬も、自分で調合できるんだからありがたいよね」

買えばそれなりにするし、必要とされる数が少ないため、そもそも取り扱っている店が少ない。セルカの所に注文が入ることも稀だった。

――Ω。そして発情期。

世界には、男女という性のほかに、αとβ、そしてΩという性が存在している。男のαや、女のΩ、というように合計で六つの性が交ざり合って生きている。

人口の一割程度存在するαは立派な体軀と支配フェロモンを持つ、他の性を従える性であり、βはこれという特徴を持たないが、人口の八割強を占める。そして、一割以下の……極少数だけ生まれてくるΩは男女ともに発情期と、他の性を誘惑する発情フェロモンを持ち、妊娠することのできる性だ。

αは一般的に優れた人物が多く、αでなければ王位に就くことができないという国も多い。

セルカの暮らすアスニールもその一つだった。王族だけでなく、貴族であっても、生まれ順よりαかどうかが優先されるほどだ。αが産まれなければ、βが継いでもよいことになっている点が、王族とは異なっているけれど……。

そんなαにもただ一つだけ、欠点と呼べるものがある。それが、子ができにくい、ということだった。

そしてその欠点を埋めることのできるのが、Ωという性なのである。

それは、Ωという特殊な性別を持つ人間にだけ現れる発情期という症状による。

βとの間、もしくはα同士ではほとんど子を生すことのできないαだが、発情中のΩが相手であれば、かなりの確率で妊娠させることができるのだ。

もちろん、βが相手であっても、Ωは子を生すことはできる。だが、αとΩの間には、βでは為し得ない絆がある。それが『番』と呼ばれる関係だ。

発情期のΩの項をαが噛むことで、Ωはαの番となる。そうすると、その後はΩの発情フェロモンは番となった相手にしか効果がなくなり、子を生すことができる相手も番のみとなる。

Ωの性を持つ者は、一月に一度発情期が訪れるため、発情期中は薬を飲んだり、家に閉じこもって過ごしたりすることが多い。そうでないと、αが危険だからだ。

発情期のΩの影響が最も大きいのはαで、彼らはΩの発情——ヒートと呼ばれる状態——に居合わせてしまえば、Ωを孕ませることしか考えられなくなるのだという。

本来ならば、危険な目に遭うのはΩだと言える。しかし、特権階級に多いαを惑わすΩは、ときに淫婦のように言われ、蔑まれることも多い。Ωが危険な目に遭う、などという言い方をするものは、いたとしても本人とその家族くらいだろう。そのため、Ωの一部は自分がΩであることを隠して生きている。

セルカもその一人だった。

幸いにも、セルカは元から祖母と二人、この家に隠れ住むように住んでいたから、五年前、十四の歳に発情期を初めて迎えてからも、祖母以外の誰にもΩであることは知られていない。これからも、知られることのないように、生きていくつもりだ。

「あんたの薬は質が高いから助かるよ。あんたのばあさんが腕のいい薬師だったから、亡くなったと聞いたときはどうなることかと思ったが……」

白髪交じりの男がそう言いながら渡してきた金を、セルカはその場で数える。

「あれ、一ルーカス多いですよ」

「ああ、駄賃だよ。この前は無理言って送ってもらったから」

確かに、先日は急遽必要な薬ができたと、家の近くにあるリステの村まで使いの者がやってきた。セルカの家の場所を知るのは村長の一家だけだから、村長の次男であるエドガーがわざわざ家まで来て用件を伝えてくれたのだ。

たまたま、発情期と関係のない時期だったからよかったが、正直焦った。それを思えば、一ルーカスくらい色を付けてもらっても罰は当たらないだろう。食事一回分程度の額だが、この金を足しにして村長の家に土産を買ってもいいかもしれない。本当はあまり村の人間とは関わりたくないが、一度きちんと礼をしておくほうがいいだろう。

「そういうことでしたら、ありがたくいただいてしまいますね。今後ともよろしくお願いします」

フードの下でにっこりと微笑むと、セルカは机に広げていた銀貨や銅貨を革袋に入れて、立ち上がった。

すっかり軽くなった背負子を背負い、市場へと足を向ける。

明日は朝一の乗合馬車に乗る予定だから、買い物は今日のうちに済ませる必要がある。

街道の交わる場所にあるこのティントの街は、この辺りでは最も大きな街だ。執政官の住む城もあり、大きな協会もある。

セルカの家からは、半日以上かかるため、薬を卸すのはどうしても泊まり仕事になってしまうのが悩みの種だ。

もちろん、匂い消しの薬は飲んでいる。

Ωは常に、薄い発情フェロモンを発している。βには感じ取れないほど微量のものだが、αならばすぐにΩだと分かってしまう。

匂い消しの薬は、そのフェロモンの匂いを消してくれる。リステには今のところαはいないから安心だが、街に出るとなればαと遭遇する確率は高くなる。

もちろん、万が一のときのために、発情抑制薬も持ってきていた。発情期は半月前に終わっているから、心配はないはずだが、用心するに越したことはない。

そうして、いつも通りセルカが市場を見て回っていたときのことだった。

「そっちの燻製肉も一緒にお願いします」

「はいよ。二ルーカスと四シグルだ」

言われるままに銀貨と銅貨を渡す。値切りの交渉は苦手だし、ここの主人は以前腰を痛めていたときに湿布になる薬を都合してやってから、セルカ相手にふっかけてくることはない。義理堅い男だと思う。その性格そのままに、商品の質も悪くないから、セルカは燻製を買うときはこの店と決めていた。

背負子に買った品を詰めて、店を出る。そして、荷物になるからと最後にしていた酒屋へ向かうために、歩き出したときだった。

「あっ」

肩に衝撃を受けて、セルカは石畳に倒れ込んだ。

「すまない！　大丈夫か？」

慌てたような声に続いて、大きな手が差し出された。咄嗟に手を伸ばしてから、握った手に被毛があるのを見てぎょっとする。

「……大丈夫です」

さすがに振り払うわけにもいかず、そのまま助け起こされてから、そっと手を離す。脱げてしまったフードを被り直しながら、男をちらりと盗み見た。

大柄な男だ。セルカが小柄だというのを差し引いても、頭一つ半ほどの違いがある。だが、その男の何よりも大きな特徴は、その頭が人のものではない、ということだった。

――獣人α。

αの中でも特異な存在だ。先祖返りとも言われている。頭部はオオカミのものであり、尾を持ち、手や足などに被毛が見られる。

通常のαよりも支配フェロモンの力が強く、体格的にも優勢で、人の頂点に立つ存在といってもいい存在だった。アスニールでは宗教的にも、狼は神の眷属とされて、崇められていることもあり、獣人は尊きものだという感覚があった。

その上獣人は、獣人とΩの間にしか生まれず、しかも、その組み合わせであっても生まれる確率は随分と低いのだという。貴族の中でも、高い地位にいる者がほとんどだと聞いたことがある。

そう思ってみれば、男の服装はいかにも貴族然としたものだ。当然、セルカにとってはできるだけ関わり合いになりたくない存在である。それなのに、そんなセルカにさえどこか目を離せなくなるような雰囲気があって、これが獣人というものかと内心で舌を巻いた。

だが、関わるのが危険であることは間違いない。セルカは礼を失しない程度に小さく会釈して、そのまま離れようとした。けれど……。

「待ってくれ」

「わっ」

がしりと手首を掴まれて、うしろにひっくり返りそうになる。それを男が慌てたように支えた。

「申し訳ない」

「い、いえ……大丈夫ですけど」

どうして引き留められたのかがわからず、心臓が早鐘を鳴らす。匂い消しはきちんと効いているはずだ。Ωだとバレたわけではないと思いたいが……。

紫と灰の混じった瞳にじっと見つめられて、セルカは慌てて俯く。先ほどよりも更に速く、激しく心臓が脈打っている。握られたままの手が熱い。強い視線を感じて、体が震える。αと話すのは初めてではないが、獣人とは初めてだ。αと話すときに、こんなふうになったことはなかった。やはりこれも獣人だからなのだろうか。

「……は、離して、いただけますか？」

それだけ言うのに酷く勇気がいった。

「あ、ああ。――いや、少し、話を聞いてくれないか？」

「話……？」

「実は、連れとはぐれてしまって」

聞けば、彼はこの街には初めて来たのだという。その上で連れとはぐれ、道がわからず困っているらしい。

「宿の名前は分かっているんだ。そこまで案内を頼めないか？　ぶつかっておいて図々しい頼みだとは思うが……」

内心、随分と腰の低い人だなと思う。こちらが平民であることは分かっているだろうに、高圧的なところがまるでない。

ただ、手首を摑んだままの手は緩むことなく、セルカを繫ぎ止めている。頷かなければ離してもらえそうになかった。

「ぶつかった詫びもしたい」

「……お詫びは結構です。けど、宿までの案内くらいなら」

どの宿かは分からないが、ただ送ってくだけならばたいして時間はかからないだろう。

男の目が、きらりと輝く。

「ありがとう。俺の名前はシグルドという。君は？」

「……セルカと言います」

一瞬躊躇したものの、名乗らないでいることも、咄嗟に偽名を使うこともできず、セルカはそう答えた。

「可愛らしい名だな」

シグルドと名乗った男はどこか弾んだ声でそう言うと、わずかに目を細める。

ひょっとして笑ったのだろうか？　人とは違い、表情が読みにくい。

「市場での用事は済んでいるのか？　もし寄るところがあるならそちらを先に」

強引だけれど、セルカの都合を優先しようとしてくれるところには好感が持てた。だからといって、警戒せずにいることはできないけれど……。

「その前に宿の名前を訊いていいですか？」

「ああ、もちろん。確か『青の月亭』だったはずだ」

「青の月……」

青はこの国で最も高貴な色とされる色だ。それを冠することが許されるのは、国の許可のある店だけ。宿であれば、間違いなく王族が宿泊した実績がある。当然ながらこの街で一番高級な宿のはずだ。やはり、シグルドは高い身分にあるのだろう。

当然セルカは泊まったことはないが、高級な宿ならばおそらくあの辺りだろう、というくらいはすぐに思い当たる。セルカが泊まる予定の宿からは少し距離があるが、方角的には同じである。

「……でしたら、酒屋だけ寄らせてください。それで終わりにするところでしたから」

酒を買ったあとは宿屋に向かう予定だった。セルカの言葉にシグルドは頷く。了承されたことにほっとしつつ、歩き出そうとしてはたと気づく。

「あ、あの、手を……」

「ああ、すまない」

シグルドは少し慌てたように、セルカから手を離した。それがなんとなく、この堂々とした体躯の、押し出しのいい男に似合わなくて、セルカは笑う。

シグルドが少し驚いたように目を瞠った。じっと見つめられているのがなんとなく気まずくて、セルカは視線から逃れるように身を捩ると、フードを深く被り直す。

「じゃ、行きましょう。こちらです」

歩き出すと、すぐにシグルドが隣に並ぶ。酒屋までは大した距離もない。

店内には数人の客の姿があった。それほど広い店ではないが、品揃えは悪くない。何人かがシグルドを見てぎょっとしたような顔をした。これだけの大きな街であっても、やはり獣人は珍しいのだ。

「あら、セルカ。ちょっと待っててね」

カウンターの中で接客をしていた女がセルカに気づき、奥に声を掛ける。少しして、ドアからひげ面の男が現れた。

「頼まれてたやつだ」

男が出してきてくれたのは、薬草の成分を抽出するのに使う蒸留酒である。酒を受け取り、金を払う。

「何か気になる物がありました？」

「ああ、あれなんだが……」

棚の方を熱心に見つめていたシグルドが、陶器の瓶を指さす。

「俺の国の酒だ。ここで出会えるとは思っていなかった」

「そうなんですか」

そう相槌を打ちながら、内心、外国からの客人だったのか、と思う。この街は初めてだと言っていたけれど……。それならば道に迷うのも仕方がないのかもしれない。

その後並んで店を出ると、今度こそ宿のあるほうへと向かう。

「市場の辺りは入り組んでますけど、少し出てしまえば、ほとんどの道は中央広場に向かっているんですよ」

「なるほど」

無言でいるのも据わりが悪く、セルカはたわいない話をいくつか口にする。シグルドは興味深そうに聞いていた。

「それで、この大通りをまっすぐ行けば、執政官様のお城が……ほら、もう見えます」

少し距離はあるが、執政官の住む城の尖塔が見えている。もともと大きな建物だ。ごちゃごちゃと建物の密集した地区を抜ければ、大抵その尖塔はどこからでも見える。

城と言っても、華美なものではなく、砦に近い建物だ。門の横には兵士が立っているが、門自体は夜以外広く開かれており一般人の出入りも多い。

宿があるのはそこに至る前の、大通りの途中のはずだ。

はっきりとは覚えていないが、看板も出ているはずだし、建物を見れば分かるだろう。

「こちらには今日着いたんですか？」

「ああ、そうだ。活気があって、いい街だな」

「この辺りでは一番大きな街なので……」

セルカはここよりも大きな街へは行ったことがない。ほとんど家のある森にいて、三ヵ月に一度だけこの街にやってくる。だから、ここが王都などと比べたらどれくらいのものなのかは、分からないのだけれど……。

「治安もいいし、市場にも活気があった。それだけ安定しているのだろう」

「確かに、そうかもしれません」

アスニールは平和な国だ。セルカが生まれてから、大きな戦争が起きたことは一度もない。

それにこの街の執政官は温厚かつ実直な人物で、街の人々からも慕われているようだ。もちろん、ここで暮らしているわけではないセルカは、付き合いのある店で小耳に挟む程度で、詳しくは分からないのだが。

そんな話をしていると、立派な門構えの宿が目に入った。案の定、掲げられた立派な看板に『青い月亭』の名前を見つけて立ち止まる。

「ここですね」

「そのようだ」

セルカの言葉に、シグルドが頷く。ようやくお役御免だと、セルカは少しホッとして笑みを浮かべる。

「では、私はここで。早くお連れの方と合流できるといいですね」

そう言って、セルカはその場を去ろうとした。

だが……。

「待ってくれ」

先ほどとまるで同じように手首を掴んで引き留められ、セルカは困惑しつつシグルドを見上げる。

「どうしました？」

「食事くらいご馳走させてくれないか？」

「え、でも……」

なぜだか縋るような響きを持つ声に、セルカはどうしたものかと思う。

正直αとは――特に、身分の高いαとは、あまり関わりたくない。

――貴族なんて最低の人間だ。愛を告げられても信じてはならない。平民のことは同じ人間だとも思っていない。絶対に関わってはならない。

セルカの母は若くして亡くなったが、亡くなるそのときまでずっとそう口にしていた。

どうやらセルカの父親が貴族で、母は父の結婚を機に捨てられたらしい。

母は実母であるセルカの祖母の下に身を寄せ、未婚のままにセルカを産み、亡くなったのだ。

もちろん、母の教えがなかったとしても、セルカがΩである以上は、貴族のαなどとは関わるべきではないだろう。

だが……。

「詫びはいらないと言っていたが、礼ならいいだろう？」

子どものような拙い理屈に、ついついくすりと笑ってしまった。

「……あまり高いものは、やめて下さいね？」

仕方なく、セルカはそう口にする。

なぜだろう？　忌避するべき存在だと思うのに、彼の願いを聞いてあげたいと思ってしまった。

ひょっとして、これがαの持つ支配フェロモンの力なのだろうか？

強制されているとは感じないけれど、逆らいがたいような気はするし……あり得なくはない。

だが、不思議といやな気分ではなかった。むしろ、彼の願いを叶えることに喜びを感じてさえいる気がして……。これが支配フェロモンの力だというならば、確かに為政者にはαが向いているのだろうと、セルカは頭の片隅で思った。

「ああ、わかった」

セルカの言葉に、シグルドが大きく頷く。

「あ、でも、お連れの人を待たなくていいんですか？」

「宿の人間に言付けておけば大丈夫だろう。少し待っていてくれ」

シグルドはそう言うと、すぐに宿の中へと入って行き「ついでにいい店がないか訊いてきた」と言って今度はセルカを先導して歩き出したのだった。

貴族しかいないような高級店に連れて行かれたらどうしようかと思っていたが、シグルドが案内してくれた店は、大衆向けとは言えないまでも、セルカのような平民でもどうにか入れるような店だった。

さすがに、フードを被ったままというわけにはいかなかったけれど……。

「この国の食事は美味いな」

運ばれてきた食事に舌鼓を打ちつつ、シグルドが言う。獣人の食事風景は初めて見たが、フォークを操る手は優雅で気品があった。

「そんなに違うものですか？」

首を傾げるセルカに、シグルドは大きく頷く。

「味付けも違うが、素材の違いも大きい。俺の国はここよりも寒く、作物が育ちにくい土地も多いから、野菜の種類も限られていてな」

「なるほど」

そういうものなのかと頷く。確かに、この辺りの植生は豊かだ。それは薬師として薬草を摘むことの多いセルカにもよく分かる。この辺りでなければ手に入りにくいというものもあり、そういったものは多少高値で売れた。農作物の実りは豊かで、セルカが家の裏で薬草と共に細々と育てている野菜も大抵の年は問題なく収穫できる。

「東の農作地帯を抜けてきたんだが、見事なものだった」

「この街は初めてということでしたが、アスニールには何度か？」

「何度かと言えるほどではないな。今回で二回目になる」

「二回ともお仕事ですか？」

「残念ながらそうだ」

仕事で別の国に行く、ということ自体が、セルカには馴染みのない話だ。セルカの世界は自分の暮らす森と、リステ、乗合馬車の発着場と教会のあるルインという小さな街と、このティントですべてだった。それでもセルカはまだ広いほうだろう。村人の中には、村から出ることのないまま一生を終えていく者もいる。むしろ移動をする人間のほうが少ないのだ。

「シグルド様の国は、どんなところですか？」

「どんな、か……」

シグルドは少しだけ考えて、もう一度口を開く。

「俺の国はアスニールの北にある、ラムガザルという名の王国だ。聞いたことはあるか？」

「いえ、すみません。あまりそういったことに詳しくなくて……」

「気にしないでくれ。山が多く、鉱石の採掘や加工が盛んな国だな。アスニールとは国交が盛んなほうだろう。食料などの買い付けに、商人も多く出入りしている」

なるほどと頷きながら、シグルドもそういった商売をしているのだろうかと考えたけれど、シグルドからは不思議と商人という雰囲気がしない。

どんな仕事をしているのだろうかと思ったけれど、疑問が声になることはなかった。

礼として食事をご馳走してもらっているだけ。今後関わり合いになることもない相手だ。知る必要もない。

知らないほうがいいのだと、そう自分に言い聞かせる。

「セルカは行商をしているのか？」

「いえ、そんな大層なものではなくて……売れる物ができたときに、たまに街に売りに来るんです」

「どういったものを扱っているんだ？」

「……興味がおありですか？」

あまり自分のことを口にすることが憚られて、ついそんなふうに聞き返してしまう。こんな言い方をしたら怒られてしまうかもしれないと、思ったけれど、シグルドのことを知るのと同じくらい、自分のことを知られるのも恐ろしい。

自分が何をそんなに恐れているのかが、セルカ自身にも不思議だった。貴族は恐ろしいとは言われていたけれど、シグルドは悪人ではないように思える。子どもではないのだ。関わり合いにならなければいいだけで、むやみに恐れる必要などないはずだと頭では理解していた。

けれど――怖いと思うのと同じくらい、シグルドのことが知りたいという気持ちが湧き上がりそうになる。出会ったばかりの誰かのことを知りたいと思うことなど、これまで一度もなかったのに。そんな自分の心が、セルカは怖いのかもしれない。

やはり、食事の誘いになど乗るべきではなかっただろうか。

「大いにある」

けれど、好奇心を隠そうともせずに率直に頷いたシグルドに、結局は口を開いてしまう。

「……森で採れる植物なんかが主です。そんなものでも、街では珍しいので」

「なるほど。薬草などの類か？」

「ええ、そうですね」

頷いて、間をごまかすようにジョッキを口に運ぶ。シグルドは素っ気ない答えに怒るでもなく、セルカをじっと見つめていた。

「あの……何か？」

居心地が悪く、少し俯いてそう言うと、シグルドはハッとしたように瞬く。

「いや、その……そうだ、酒は好きなのか？　さっきも酒屋で何か買っていただろう？」

「え？　あ、そう……ですね。それほどは飲まないですけど、嫌いではないです」

あからさまな話題転換だったが、セルカはむしろホッとして頷いた。

「そうか。アスニールは酒も美味いからな。だが……」

そこで一度言葉を切ると、シグルドは店員を呼び何かを尋ねた。店員は頷くとすぐに陶器の瓶と、取っ手のないカップのようなものを二つ持ってきた。

「あ、それ……」

店員が運んできたのは、酒屋でシグルドが故郷の酒だといっていたものと同じものだ。

カップはおそらく専用の酒器なのだろう。形は円筒形で大きさは片手で包めそうなほど小さかった。

シグルドが手ずから蓋を開け、酒器に酒を注ぐ。甘い、果物のような香りがほんのりと鼻腔を擽った。

「付き合ってもらえるか？」

スッと器を差し出されて、両手で受け取る。中には赤い色の酒が注がれていた。器は口当たりをよくするためか非常に薄く、高価そうだ。落とせば簡単に割れてしまうだろうと想像が付く。

「いただきます」

おそるおそる口をつける。その酒は思った以上に甘く、滑り落ちた喉をカッと焼いた。

けれど……。

「――……おいしい」

「それはよかった」

ぽつと呟いたセルカに、シグルドはそう言って目を細めると、自らも器に口をつける。

セルカはそれを見つつ、もう一度酒を口に含んだ。まるで蜂蜜のように甘い。けれど、酸味のせいかしつこくは感じない。

器の大きさからしても、一度にたくさん飲むようなものではないのだろう。けれど舐めるようにしているうちに、いつの間にか器は空になっていた。そこに、シグルドがすかさず酒を注ぎ足してくれた。

「気に入ったようだな」

うれしそうに言われて、セルカは素直に頷く。

本当においしい。セルカは甘い物が好きだが、そもそも甘いものは贅沢品で、普段はそんなに食べられるものではない。

「こんなおいしいお酒、初めて飲みました」

「そうか？　それはうれしいな」

にこにこと笑いながら、体が徐々に温かくなっていくのを感じて、セルカは自分の頬に手のひらを押し当てる。普段は薬草酒を少し呑む程度で、街に来たときも一番安いエールを一杯呑むくらいしかしない。多少頬が熱いと感じることはあったが、こんなふうに体が火照ってくるのは初めてだった。

そういえばラムガザルはここより寒いと言っていた。だから、こういったすぐに体が温まるような酒がよく飲まれているのかもしれない。

「ラムガザルの人は、みんなこのお酒を飲まれるんですか？」

「そうだな。必ずというわけではないが……人気のあるものの一つだ」

「人気なのもわかります」

大きく頷いて酒を口に含む。おいしい。甘い。喉を通り過ぎた熱が腹に落ちるのが分かる。日が落ちてだいぶ涼しいはずだが、汗ばむような温度に感じて、セルカは服の胸元を引っ張ってぱたぱたと空気を入れる。

「もう酔いが回ったか？」

「酔い？　いえ、ちょっと暑いだけで……」

それともこれが酔うということなのだろうか？　セルカは酒に酔ったことがなかった。けれどたいした量を飲んだわけではない。小さな器にたった一杯、いや今二杯目が終わった。

「もう一杯、いただけますか？」

「少し飲み過ぎじゃないか？」

「……だめ、ですか？」

途端に悲しくなって、セルカはツンと鼻の奥が痛むのを感じた。

「あ、ああ、そんなに悲しげな顔をするのはやめてくれ」

シグルドは狼狽えたようにそう言うと、少しだけだぞと杯の半分ほどまで酒を注いでくれる。

「やったぁ」

今度はうれしくなって、セルカは子どものようにはしゃいだ声を上げた。

「シグルド様、貴族なのに、いい人ですねっ」

酒を貰えたこともあるが、シグルドがいい人なのが単純にうれしく思えて、セルカはにこにこしてしまう。

「俺が貴族だと言ったか？」

「言わなくたって、それくらい、分かります」

　えへへと笑って酒を飲む。

「まぁ、この顔だからな。目立って困る」

　シグルドはそう言って自分の顔を撫でる。セルカはついついその顔をじっと見つめた。白い狼の顔だ。ピンと立った三角の耳、灰色と紫の混じった美しい瞳。大きな口は恐ろしいと感じてもおかしくないはずだが、獣人は畏怖の対象であっても、恐怖の対象にはなり得ないというのが、人々の共通の価値観だ。

　狼は神聖なる神の眷属であり、その相を持つ獣人は尊ばれる。

　しかし、セルカの思考はいつになくぼんやりふわふわとしていて、夏毛と冬毛があるのだろうか？　どんな触り心地なのだろうか？　などと考えていた。

「どうした？　そんなにまじまじと見て……」

「触れたらどんな感じがするのかなぁって、考えてました」

「触ってみるか？」

シグルドはどこか楽しげな口調で訊いてくる。普段のセルカならば、断っただろう。けれど……。

「いーんですかぁ？」

どこか間延びした口調で言って首を傾げる。かくんと首が傾いだ途端に、少しだけ頭の中がくらりと円を描いたような感覚がしたが、シグルドが頷いてくれたのでそんなことも忘れて立ち上がった。

けれど、膝にまったく力が入らず、セルカはその場にへたり込んでしまう。

「大丈夫か？」

シグルドが慌てたように立ち上がり、膝を突いてセルカの顔を覗き込む。

近くなった顔にセルカはにこにこと機嫌よく微笑んで、手を伸ばすとわしゃわしゃと撫でた。

「あはは」

なぜだかますます楽しくなって、思わず笑ったセルカに、シグルドは小さく息を吐く。

「飲ませすぎたか」

そう呟くと、グニャグニャと力の入らなくなっているセルカの体を抱き上げた。

「あっ」

急に視線が高くなったことに驚いていると、シグルドは何事か店員と話をし始める。

なんだろうと思ったけれど、今はもっと気になることがあった。スン、とセルカは小さく鼻を鳴らす。

――なんだろう、この香り……。

先ほどの酒とはまた違う、甘い甘い香り。果実ではなく、花のような……。

香りの元が気になって、セルカはシグルドの首元に鼻を近付ける。どうも、香りはシグルドからしている気がする。

嗅いでいると、まるで先ほどの酒を飲み続けているかのように、体が熱くなってくる。

いや、けれど、これは……。

セルカは小さく身じろぐ。この感覚を知っていた。

そんなはずがない。半月前に終わったばかりだ。なのに……。

「ん……は……っ」

唇から、熱の籠もった吐息がこぼれる。

「セルカ……？　まさか……発情期なのか？」

シグルドの低い声を耳元で感じて、腰の奥が痺れる。

セルカは何も考えないまま、頭を振った。

「ち、がう……違う、の……それは、ないしょ、だから……」

自分がΩであることは秘密だ。だから、自分はΩではないし当然、発情期などくるはずがない。子どものような拙い答えに、揺れが激しくなった。

景色がいつの間にか情欲に潤んだ瞳に、流れるように映る。

それがなんだか楽しい気がして、セルカはまた笑った。けれど、同時にじわじわと体の奥が熱くなり、溶け出していく。

「ん……んぅ……っ」

揺れるたびに膝の間がわずかに擦れて、そんな些細な刺激にすら快感が湧き上がってくるのが分かった。もう、間違いない。

――ヒートだ。

「薬……飲まないと……」

呟いて、ぎゅっと目を瞑る。

けれど今から飲んでも効くまでには時間がかかる。少なくとも半日は抑えられない。

「ど、して……っ、あっ……んっ」

甘い香りはまだしている。熱い息を吐くたびに、吸い込んでしまう。熱が上がっていくのが止められない。

不意に、体が柔らかい場所に下ろされた。

ふわふわとしたものに受け止められて、目を開くと、シグルドが自分を見下ろしていた。

ふうふうと苦しげな息が、その大きな口の間から堪えきれずにこぼれている。

そうだ。シグルドはαで……。

「んっ」

べろりと、口元を舐められてセルカは目を閉じる。大きな舌で唇をこじ開けられて、口の中を舌でいっぱいにされた。

人のものとは違う、大きいそれが口内の粘膜を舐める。息が苦しいのに、びくびくと体が震えてとろとろと体が中から濡れていく。

自分が何をされているのか、分からないほど子どもではない。これから、どうなってしまうのかも。

発情期が来て、自分がΩだと分かってからも、人に触れられたことは一度もない。それでも……。

「ふ、ぅ……んっんぅ…はぁっ」

ようやく舌が出ていったと思ったら、サスペンダーを外され、シャツは捲り上げられて頭から抜かれた。

「だ、め……っ」

体中が火照って、上手く体が動かせない。ゆるゆると頭を振ったけれど、ズボンを下着ごと下げられて、とろりと濡れそぼった足の間が露わになる。

「や、見ないで……見ないで…っ」

必死で手を伸ばし足の間を隠そうとしたけれど、その間にズボンと下着は取り払われて、セルカは生まれたままの姿にされていた。

羞恥に涙がこぼれ、こめかみが濡れる。

「セルカ……」

「あっ……」

名前を呼ばれた。ただ、それだけで体の奥がずくりと痺れる。

「――君を俺の番にする」

シグルドの体から発せられる甘い香りに、屈服してしまう。すべてを捧げて、彼のものになりたい。体の一番奥まで暴いて、深い場所までいっぱいにして――中で出して、孕ませて欲しい。

このαの番になりたい。

もう、それしか、考えられなくなった。理性など、簡単に塗りつぶされてしまう。

「して……俺の中、奥まで入れて、ください」

膝を曲げ、隠すために伸ばしたはずの手で、尻の間をさらけ出すように広げる。とろりと中からつゆがこぼれていくのが分かった。

シグルドが獣のように覆い被さってくる。まだズボンの中にあるものが押しつけられて、熱く固くなっているのが分かった。

これが、今から入ってくるのだと思っただけで、体の奥がきゅんと疼く。

けれど、シグルドはすぐにそれを入れようとはしなかった。

「こんなに濡らして」

「あ、んっ」

くちゅりと、濡れた音を立てて入り込んできたのは指だろう。なんの抵抗もなく入り込んできたそれを、セルカのそこはきゅっと締めつける。

自分の指よりは太くて、ゴツゴツしていた。それが中を広げるように動き回ると、気持ちがよくて体が震える。指を歓迎するように中はますます濡れて、ぐちゅぐちゅといやらしい水音がするのに時間はかからなかった。

けれど、こんなものでは到底足りそうもない。シグルドのものが欲しくて仕方がなかった。自分で慰めていたときよりずっとひどい、飢餓感にも似た強い欲望に、ぽろぽろと涙がこぼれる。

「や、指……」

むずかるように頭を振ると、指は抜かれ、なだめるように縁を撫でる。

「痛むのか？」

「んっ、ち、違う……もっと、おっきいの、入れて……っ」

セルカの言葉に、シグルドは狼狽えるように目を見開き、ごくりとつばを飲み込んだ。

「だが、まだ辛いだろう？」

「だいじょぶ……だから、お、お願い……お願い、します…」

言いながら右手と左手の人差し指をそこに差し入れ、これだけ広がるのだからと誘うように左右に開いてみせる。

唸り声のような、苦しげな声がシグルドの喉から漏れた。

「……後悔するなよ」

シグルドがベルトを外し、自身のものを取り出す。その大きさと形状に、セルカは息を呑んだ。

それはすでに腹に付きそうなほど固くそそり立ち、その根元には自分とは違う瘤のようなものがあった。

形状の違いは獣人だからだろうか。獣人のαの存在は知っていても、そんな場所の事情までは、セルカの耳には入っていない。ただ、だからといって嫌悪が生まれることはなかった。

「来て……」

掠れた声で強請ると、シグルドは今度こそ迷うことなくセルカのそこに、自分のものを押しつけてくれる。

「あ、んっ……あ、あっ」

それでも一息にではなく、ゆっくりと気遣うように挿入されて、セルカは体だけでなく心まで満たされるような心地を味わった。

やさしい人だ。

こんなことに巻き込んだ自分を、まだ労ってくれている。

「シグルド、様ぁ……」

名前を呼んで、縋るようにその首に抱きつく。腰が自然と揺れて、結合はますます深くなっていった。

「セルカ……大丈夫か？」

「は、はい……気持ち、いい……から……」

腰を揺らめかしながら「もっと、動いて」と吐息だけで囁く。中でシグルドのものが更に大きくなったのを感じて、セルカは腰を震わせた。

「あ、んっ、あ、あ、あぁっ」

何度も何度も奥を突くように中をかき混ぜられて、そのたびに濡れた音と声がこぼれる。中を擦られるのも、奥を突かれるのも、全部が気持ちいい。

「あ、あ、あぁ……んっ、ああっ」

シグルドのものは体格に比例してかなり大きく、セルカの中はただ抜き差しされるだけでどこもかしこも擦られて、びくびくと体が震えてしまう。だというのに、シグルドは意図を持ってセルカの反応の激しい場所を刮ぐように擦った。

抱かれることが、こんなにも気持ちのいいことだなんて知らなかった。一人で慰めているときとはまるで違う。

初めて発情期を迎えたときから欲しくて欲しくてたまらなかったものを、今与えられているのだ。

けれど、まだ足りない。

もっと欲しい。

誘うようにきゅうきゅうと締めつけながら、セルカは自らシグルドの腰に足を絡める。

「こら、セルカ……」

「だって…まだ、でしょう？　もっと、全部、欲し……あ、んっ」

時折尻に当たっているのが、先ほど目にした瘤だと分かっている。あれも全部、中に入れて欲しかった。あんな太い部分に割り開かれたら、どうなってしまうのだろう?

「これを全部か？　中で出して、孕むまで抜いてやれなくなるぞ？」

「ひ……ぅっ」

言葉から想像しただけで、セルカの中は期待するようにひくりと震えた。

だめだ、と頭のどこかで誰かが叫んだ気がする。

けれど……。

「中で、出して、俺の中、いっぱいにして……孕ませて」

口から出たのは、素直な欲望のほうだった。

だって、最初から望んでいたことだ。そうしてくれると言われて、我慢なんてできるはずがない。

「そうして、くださるのでしょう……？」

そう尋ねると、シグルドは強い力でセルカから自身を引き抜き、セルカの体をうつ伏せにした。

腹の下に枕を入れられて、腰だけを高く上げたような体勢にさせられる。

シグルドの手が尻に触れ、そこを押し開く。そして、たった今抜かれたものが再び入り込んできた。

「あぁっ……！　あ、あんっ」

腰を摑まれ、激しく抜き差しを繰り返されて、強い快感にセルカはぎゅっとシーツを握り締める。それでもまだ、入れられているのは先ほどと同じ場所までだ。

「奥…っ、も、あっ、あ……っ」

首を曲げ、どうして奥まで入れてくれないのかと責めるようにシグルドを見つめる。

「ああ、分かっている……っ」

そう言うと、腰を摑む手に力がこもった。――決して逃さないと、言うように。

「ひぁぁあ――――っ！」

腰を引き寄せるのと同時に、深くまで打ち込まれた。

目の前に星が散るような、ものすごい衝撃と、快感。

「は……は……」

あまりのことに、セルカははくはくと口を動かすことしかできなかった。体も、中もびくんびくんと跳ね上がり、少し遅れて自分が絶頂に達していたことを理解する。同時に、中に大量の精を注がれていることも。

本当に、一番奥の深い場所までいっぱいになっているのが分かった。

「あ、んっ」

ぐりっ、と腰を回すように動かされて、高い声がこぼれる。

背中に熱を感じる。まるで腕の中に閉じ込めるように覆い被さられて、そして……。

「あ――――!」

痛みと熱を項に感じて、セルカはその背を反らせた。

番にされた。

その悦びを全身に感じながら……。

「……あ」

覚醒は唐突に訪れた。

もともと、薬草を摘むセルカの朝は早く、この時期ならば夜明けよりも前に目が覚める。

この朝も、体は疲れ果てているはずなのに、いつも通りに目が覚めたのだろう。

室内は夜明け前の、青い薄暗がりの中にあった。

一瞬、自分がどこにいるのか分からなかったが、すぐに気がつく。

隣には、自分以外の人の熱があった。

――そうだ、自分は。

昨夜のできごとを思い出して、セルカは小さく息を呑む。

ヒートを起こし、シグルドを……このいかにも身分の高そうな男を巻き込んでしまった。

自分を番に、させてしまった。

恐ろしさに震え、セルカはぎゅっと唇を嚙む。

だが、いつまでも悔恨に身を震わせているわけにはいかなかった。セルカはシグルドを起こさぬよう、細心の注意を払って身を起こす。

いつもならば三日間続くはずの発情期は、シグルドに抱かれたことで収まっていた。

ゆっくりと、ベッドを揺らさないように気をつけて床に足を下ろし、立ち上がる。一瞬、膝から力が抜けそうになって血の気が引いた。どうにか立て直したのはもう、気力によるものだろう。

室内を見て、自分の服が見当たらないことに気づいて焦(あせ)る。

しかし意外なことに、見慣れた背負子(しょいこ)が、部屋の片隅(かたすみ)に置かれていた。昨夜の店からシグルドが持ってきてくれたのか、それとも店のものにあとから持ってこさせたのか……。

分からないがとにかく助かった。

背負子の陰(かげ)に、畳(たた)まれたフード付きの上着が置かれていたことにも安堵(あんど)しつつ、セルカはそっと背負子の蓋(ふた)を開け、中に入っていた布地を引っ張り出す。本来、村長宅への土産(みやげ)にと買ったものだったが、仕方がない。

みっともないが裸(はだか)よりはずっとましだ。セルカはその布地を広げ、体に巻き付ける。持っていた紐(ひも)で腰の部分を縛(しば)り、上から上着を着てどうにか格好を整えた。下穿(したば)きがないのは困ったが、ぐずぐずしている暇(ひま)はない。

一度だけ、シグルドの眠(ねむ)るベッドを振(ふ)り返った。

——貴族なんて最低の人間だ。愛を告げられても信じてはならない。平民のことは同じ人間だとも思っていない。絶対に関(かか)わってはならない。

分かっている。

耳の奥に蘇(よみがえ)った母の言葉に頷(うなず)いて、セルカは振り切るように視線を断(た)ち切り、その部屋から逃(に)げ出した……。

◇

午後の日差しの中、セルカは天日干しにしていた薬草を取り込んでいた。昨日今日とよく晴れたおかげだろう。ちょうどよく水分が抜けている。

森の中の木々は薄く色づき、そろそろ秋になるのだと告げていた。

「おかーさんっ」

自分を呼ぶ高い声にセルカは振り返る。

両手を大きく振るようにしながら、小さな子どもが駆けてきた。

「どうしたの？」

「これ、落ちてたの！」

「なんだろ？　お母さんに見せてくれる？」

訊きながらしゃがみ込むと、子どもは得意げに手のひらを広げた。中にはまだ薄緑色をしている小さなどんぐりが握られていた。

「リュクスは本当にどんぐりを見つけるのが上手だね」

えらいえらいと、三角の耳を避けるように頭を撫でると、うふふ、とうれしそうに笑い声を上げる。背後では尻尾がパタパタと揺れていた。

リュクスは、今年三歳になったセルカの息子だ。

だが、見た人はおそらくもう少し年上だと感じるかもしれない。三歳にしては背が高く、その顔や手の甲は薄いグレーの被毛に覆われている。

——獣人α。

リュクスは、セルカとシグルドの間に産まれた子どもだ。

あの日、シグルドの下を逃げ出してから、四年の月日が流れていた。

妊娠が分かったのは、翌月のことだ。発情期が来ないことに気づいて、セルカはその身を震わせた。

可能性はあると、分かってはいたのだ。それでも、たった一夜のことだ。本来の発情期の周期でもなかった。

だから、きっと大丈夫だと、思いたかったけれど……。

結局、迷った末に出産することを選択したのはセルカ自身だ。

堕ろすならば、そのための薬を自ら処方することもセルカにはできた。

けれど、番を持ってしまった以上、そしてその番と二度と会わないのであれば、自分が家族を持てるのは、この子が最後の機会になる。

そうでなくともすでに宿ってしまった命だ。どうしても堕ろすという選択はできなかった。

今は、そうしなくてよかったと、心から思っている。

子どものいる生活は、何物にも代えがたくセルカの心を救っていた。

もちろん、大変なことも多いが、それでも産むのではなかったと考えたことは一度もない。

この子は自分の下などに生まれてこなければ、もっと幸福な人生があったのではないかと、思ってしまうことはあるけれど……。

獣人だったこともあり、リュクスの存在はできる限り隠して育てている。そうせざるを得ないのだ。

獣人が生まれる確率は低く、獣人とΩの子であることは絶対条件の一つだ。だが、条件を満たしていても生まれる確率は二割以下だと医者から聞いていた。

シグルドがどういった家の人間なのか、ちゃんとしたことは知らない。けれど、獣人だった以上、それなりの家格のものである可能性が高い。

息子が獣人として産まれたとわかったら、家督争いに巻き込まれないとも限らない。

もしも、見つかってリュクスを取り上げられたらと思うと、恐ろしかった。

リュクスの存在を知っているのは、リステの村長の家族と、出産のときにルインから呼ばれてきた医者だけだ。

村人に何かあった際、祖母の薬を買いに来るのは村長の家族で、祖母が亡くなってからはある程度疎遠になっていた。自分がΩということもあって、あまり関係を持たないようにしていたのだ。

しかし、シグルドに番にされて以降は、たとえ発情期であってもシグルド以外にフェロモンの影響が出ないことや、リュクスの出産時に助けてもらったこともあり、祖母がいた頃と同様か、それ以上に深い関係ができていた。

特に、セルカと歳の近い次男のエドガーと、長男のフィルの嫁であり、子どももいるメリッサにはよくしてもらっている。メリッサの子どもであるサリタは七歳だが、ほぼ唯一といっていいリュクスの友人でもあった。

その関係もあって、この一年ほどは、発情期の時期にこっそりリュクスを預かってくれるようになっている。

出産後一年ほどは、発情期もなく問題なかった。だが、その後は徐々に症状が重くなり、時折薬を飲んでも効果が薄かったり、量を増やしたせいで体調を崩したりすることもあったためだ。

礼にと、村で薬が必要になったときは無償で提供しようとしたこともあったのだが、リュクスを育てるためにもお金は大事なのだからと窘められてしまった。本当に、感謝してもしきれない。

「ねぇ、おかーさん、今日おじちゃん来る日？」

「うん？　ああ、そうだね」

おじちゃん、というのはエドガーのことだ。

　今日は、パンを届けるついでに、馴染みの客に宛てて郵送する薬草を、エドガーが取りに来てくれる予定だ。週に一度パンを届けてくれるのはたいていエドガーかメリッサだが、薬草を取りに来てくれるときはエドガーと決まっている。

「サリタも来る？」

「うーん、サリタはどうかな……」

　リュクスはサリタのことが本当に大好きで、彼が叔父であるエドガーや、母であるメリッサとともに訪ねてくれるのを、いつでも楽しみにしている。エドガーもそれを知っていて、サリタを伴ってくれることが多い。

　今日は天気もいいし、サリタが一緒に来る可能性はありそうだが、ぬか喜びをさせてはかわいそうだ。

　そんなことを考えながら、リュクスにはどんぐりを使った簡単な工作を、大切な仕事だと言ってやってもらい、その間に荷造りを終えてしまう。

　エドガーが訪ねてきたのは、それから程なくしてのことだった。

「いらっしゃい。いつもありがとう」

　礼を言いながら招き入れる。一緒にサリタが入ってきたのにリュクスは目を輝かせ、尻尾を大きく振った。

「サリタと、遊んできていい？」

「サリタがいいって言ったらね。サリタ、リュクスと遊んでくれる？」

「うん！」

サリタはこくりと頷く。リュクスはきゃー、と楽しげな声を上げて、サリタの手をぎゅっと握る。

「庭の外に出るのはだめだからね」

「はーい」

二人が声を合わせて返事をする。

「今日ね、どんぐり拾ったの」

そんな声がドアの向こうに消えると、セルカはようやく息を吐いてエドガーに椅子を勧めた。

「お茶淹れるね」

「ああ、ありがとう」

いつもの流れに、エドガーは微笑んで椅子に腰掛けた。

湯を沸かし、用意していたポットに注ぐ。爽やかな香りが、室内にふんわりと広がっていく。

「こんなところまで、いつもごめんね」

お茶を注ぎながらそう言うと、エドガーは苦笑する。

「もっと頼ってくれて構わないって、いつも言ってるだろ」

「そんなに甘えるわけにはいかないよ。もう、充分すぎるくらい頼りにしてる」

「こんな程度、気にしなくていいのに」

　エドガーは本当にそう思ってくれているのだろう。分かってはいたが、世話になりすぎていると感じているのも本当だ。

　それに、エドガーもそろそろ嫁を貰ってもいいような歳だ。自分のような者にかまけている場合ではない。Ωであるセルカと会っていることが知られれば、エドガーの評判にも関わってくるのではないだろうか。

　エドガーは次男とはいえ、狩りの腕も良く健康で、顔立ちも整っているほうだと思う。村娘たちにも人気があると、メリッサから聞いたことがあった。家を継ぐのは長男のフィルだが、エドガーならば婿に欲しいという家も多いだろうし、望めば結婚相手などいくらでも見つかるに違いない。

　そんなことを考えつつ、しばらく農作物のことや、天候のこと、サリタがリュクスに会うのをいつも楽しみにしている話などを聞いて和んでいたのだが……。

「薬はどう？　足りないものはない？」

「今のところは大丈夫かな」

　セルカの問いにそう答えてから、エドガーは思い出したというように口を開く。

「そういえば、セルカのほうは何か足りないものはないか？　ここんとこ行商人が増えたから、ある程度のものは街まで行かなくても揃えられると思うよ」

「行商人が？　何か特別なことでもあったの？」

リステは特にこれといった産業もない田舎の村で、大きな街道からも外れているため、行商人が来ることは少ない。村長に頼まれているものが、毎年決まった時期に訪れる程度だった。

「西のほうの国で長い間戦争をしていたのは知ってるだろ？　それが終わったらしくてね。村に立ち寄る行商人が増えたのも、そっちからの物流が復活したせいらしいよ。物価もいくらか安くなったし、助かるよ。冬の支度もそろそろ始まるしね。いつもなら買い出しに出るけど、今年は街まで行く必要もないかもなって、父さんたちが」

「ふうん。それはよかったね」

正直な話、セルカはここ数年忙しすぎて戦争があったことも、そういえばそんな話を聞いたかも……という程度の認識しかなかったけれど、終わったというならきっといいことだろうし、そのおかげでこちらにも利があるというなら、いうことはない。

「勝ったほうの国には、なんでもハクロー将軍っていう、すごい将軍がいたらしいよ」

終戦にはその将軍の活躍が大きく寄与し、英雄と呼ばれているのだという。

「英雄かぁ。ライオス様みたいだね」

今は平和なアスニールだが、セルカが生まれるより前には、戦火が上がることもあった。

ライオスは先々代の国王であり、アスニールの国土を損なうことなく、敵国を退け、平和な治世を実現した英雄王として名を残している。

「まぁ、そういうわけだから、まだ少し早いけど冬に向けて欲しいものなんかがあったら、考えておいてくれ」

「……ありがとう」

申し訳ないと思いながらも、結局こうして頼ってしまっている自分がよくないのだと思いながらセルカは小さく頷いた。

「さてと、名残惜しいけどそろそろ帰らないとな。送る荷物ってのはあれ？」

「あ、うん」

頷いて椅子から立つと、セルカは小包を手に取ってエドガーに手渡す。

「悪いけど、よろしくね」

そう言ってエドガーと共に外に出ると、庭で遊んでいた子どもたちを呼ぶ。

「もう帰っちゃうの？」

「……ごめんね。また来るから」

泣きそうになっているリュクスの言葉に、サリタもしょんぼりと眉を下げていたけれど、そう言ってリュクスの頭を撫でていた。

「サリタ、ありがとう。また来てね。リュクスも待っているから」

セルカの言葉に頷いて、サリタは何度も手を振りながらエドガーに手を引かれていく。

二人の姿がすっかり見えなくなると、リュクスはセルカの足にぎゅっと抱きついて泣き始める。

「ごめんね、リュクス……」

自分がΩなどではなかったら、リュクスを普通のαか、もしくはβとして産んであげられていたら、村で暮らすこともできただろう。

リュクスには、サリタだけでなく友達ができたに違いない。

セルカはリュクスを抱き上げて室内へと戻る。そして、リュクスが泣きつかれて眠ってしまうまで、ずっとその背を撫でていた。

こんなときは、まだ三つになったばかりのリュクスの将来を考えて、少しだけ暗い気持ちにもなる。リュクスは自分と同じように薬師の道を進むことを、よしとしてくれるだろうか。

世界に祝福された性を持ちながら、こんな森の中で暮らしていくことを、幸いだと思えるだろうか……。

ため息をこぼしつつ、セルカは子ども部屋のベッドにリュクスを寝かせ、今のうちに仕事をしようと自分は居間へと戻った。

そうして、まずは仕事の前に、先ほどエドガーに出したお茶を片付けていたときのことだ。

コンコン、とノックの音がして、セルカは顔を上げた。

「忘れ物かな？」

エドガーが戻ってきたのだろうかと、セルカは特に警戒もせずにドアを開ける。

けれど……。

そこに立っていた人物を見て、セルカは大きく目を見開いた。

男の、灰がかった紫の目がセルカをじっと見つめている。

「――ようやく、見つけたぞ」

「ッ……」

男の言葉に、セルカは我に返り、咄嗟にドアを閉めようとした。

だが、それより早く男はドアに手を掛けて大きく開くと、易々と室内へ入り込んでくる。

「ま、待ってください、困ります……あっ」

唐突に抱き締められて、セルカは目を瞠る。

「会いたかった……」

押し殺したような震える声が、耳に届いた。背中に回った腕に力がこもる。途端、自分の体がカッと熱を持つのがわかった。

まるで、これまで熱を忘れていたような気さえする。ずっと失っていたものを与えられたような……。

この男が誰なのか。思い出す必要すらなく分かった。

――シグルド。セルカの番であり、リュクスの父親である。

けれど、どうしてここに？

もう四年も経つというのに、なぜ今頃になって現れたのだろう？

リュクスのことも、知られているのだろうか……？

そう考えた瞬間、セルカは無意識に男の胸を押し返していた。

「帰ってください……っ」

叫ぶようにそう言って、シグルドを睨み付ける。

「……番を置いて帰ることなどできない」

シグルドは怒るわけでもなく、ただ静かな声でそう言うとじっとセルカを見つめる。

「セルカ、ずっと会いたかった」

「やめてください、そんな……」

ぎゅっと胸が締めつけられるように痛んで、セルカは頭を振る。

「あのときのことは謝りますから」

「謝られるようなことをされた覚えはない」

「そんなの嘘……。俺は、俺のヒートにあなたを巻き込んだんですから」

予定外のことだった。けれど、自分が発情期になどならなかったら、シグルドがセルカを番にするようなことも起こらなかったのだ。

「申し訳なかったと、本当に思っています。あなたには何の責任もないことです。だから——

——」

自分のことは放って置いて欲しい。

セルカがそう口にしようとしたときだった。

「おかーさん？」

子ども部屋の扉が開いて、奥からリュクスが姿を現す。

「だめっ！　リュクス、お部屋に戻って……！」

セルカは慌ててドアに駆け寄り、リュクスを部屋に戻そうとした。

リュクスはたった今まで眠そうに擦っていた灰色の目を大きく見開いて、シグルドを見上げている。

「だあれ？」

「お客様だよ。だから、奥に……」

「俺は君の父親だ」

「違います！　やめてくださいっ」

シグルドの言葉に、セルカは必死で頭を振る。けれど、シグルドはセルカの横からその大きな手を伸ばし、リュクスを抱き上げた。

「おとーさん？」

リュクスが、自分以外で初めて見る獣人を興味深そうに見つめている。

「ち、違うの、リュクス。その人は……」

「おとーさんじゃないの？　ぼくに、こんなにそっくりなのに」

「それは……」

無邪気な子どもの言葉に、なんと言っていいかわからず、セルカは唇を噛む。ただ、シグルドの腕の中にリュクスがいるのが不安で、手を伸ばした。

「とにかく、この子は俺の子で、あなたには関係ないんです。渡してください」

「悲しいことを言わないでくれ」

シグルドはセルカの言葉に沈んだ声でそう言うと、セルカを悲しげな目で見つめる。

「確かに四年も放っておいて――一番大変だったときに傍にいてやることすらできなかった俺は、そう言われても仕方がないのかもしれないが……」

本当に、申し訳ないことをしたという声色で言われて、セルカは言葉に詰まる。

元はと言えば、それは自分がシグルドから逃げたせいだった。なのに、どうして責めないのだろう？　今すぐにでも、リュクスを連れ去られてしまうのではないかと思ったのに、そんな様子もない。

この人と、ちゃんと話をするべきだろうか……。

リュクスの存在が知られたら、きっと連れて行かれてしまうのだと、ずっとそう思っていた。

　だから、突然のことに恐慌に陥って、咄嗟にシグルドは父親ではないなどと口走ってしまったけれど……。

　獣人であることからも、あのときの子であることは疑いようもない。

　番としての証の噛み痕も、セルカの項にはっきりと残ってしまっているのだから……。

「……取り乱して、すみません。よかったら、座ってください。リュクス、こっちへおいで」

　シグルドは、セルカがきちんと話をする気になったと分かったのだろう。今度はすぐに、リュクスを渡してくれた。

「リュクス、お客様にお茶を淹れるから、いい子にしていてくれる？」

「うん！」

「ありがとう」

　そう言ってリュクスを椅子に座らせる。本当はリュクスに話を聞かせるのは気が引けたけれど、自室でおとなしくしているように言っても無理なことはわかっていた。

　幸い先ほどエドガーにお茶を出したときに沸かしたお湯の残りは、まだ温かい。これならすぐに沸くだろう。

　いくつかの葉を揉んで、ポットに入れる。自分の手が震えていることに気づいて、細く息を吐き出した。

怖いし、緊張している。けれど、あのときのように逃げ出すわけにはいかなかった。

自分ができる反抗など微々たるものだろうが、リュクスを守らなければならない。どうして

も失いたくない。

薬草茶をテーブルに置く。

「リュクス、あーんして」

「あーん」

素直に口を開けたリュクスに、蜂蜜につけたクルミをスプーン一杯分だけ入れてやる。

「ゆっくり食べるんだよ」

「んっ」

こくこくと頷いているリュクスに、セルカは唇をほころばせる。ふと視線を感じてそちらを見ると、シグルドが目を細めてセルカを見ていた。見守られていたようで、居心地が悪い。

「あの……あのときのことは、本当に申し訳ありませんでした。お望みならば罰は受けます。けれど俺からリュクスを取り上げないでいただけませんか？」

「それは――――」

「俺にはリュクスしかいないんです」

何かを言いかけたシグルドの言葉を遮って、セルカは言い募った。

「かけがえのない子です。俺のできる限り幸せに育てると、約束します。だから、だから……

お願いします」

言い切って、テーブルの天板に前髪が触れるほど深く、頭を下げる。

「……誤解があるようだ」

返ってきたのは、その言葉とため息だった。

「え？」

セルカはそっと顔を上げる。

「もともと、俺はリュクスを君から取り上げる気などない」

「そう……なんですか？」

半ば呆然として、呟くように訊いたセルカに、シグルドは大きくうなずいた。

どうやら嘘ではないらしい。

「よかった……」

これからもリュクスと暮らせるのだ。深い安堵に、セルカの目には涙が浮かんだ。やっぱり、シグルドはやさしい人だったのだと思うと、それもうれしくて、セルカはシグルドを見つめて微笑む。

「ありがとうございます」

「あ、ああ……」

シグルドはなぜか狼狽えたように視線をそらし、何かをごまかすように咳払いした。

「あれ、でも、それならどうしてこんなところまで来たんですか？」

そう気がついて、セルカは小さく首をかしげる。

「それは、もちろんセルカに会いに来たに決まっているだろう？」

「俺にですか？　リュクスにではなく？」

「もちろん、子が生まれている可能性も考えてはいた。だが、一番は君だ。俺はセルカの番なのだからおかしなことではないだろう？」

「……それは、そうかも……しれないですけど」

だが、四年である。セルカの居場所をどうやって突き止めたかは知らないが、それでも捜索に四年もかかったとは思えない。

今更なぜと、セルカが思っても当然のことではないだろうか。

「すぐに迎えにこられなかったことは、本当に悪かった。だが、ようやく国の情勢も落ち着いた。これからはずっと一緒にいさせて欲しい」

「え？」

「国に戻り次第結婚しよう」

「は？」

結婚？

シグルドは今、結婚といったのだろうか？

「え、ええと……でも、シグルド様は貴族ですよね？」

「そういえば、家のことを話していなかったな。いや、家のことだけじゃない。言い訳になってしまうが……できれば聞いて欲しい」

真剣な目で見つめられて、セルカはうなずく。けれど……。

くいくいと袖を引かれて、セルカはぱっとリュクスに視線を向けた。

リュクスは何も言わないまま、じっとセルカを見上げてくる。二人で話をしていたので退屈してしまったのだろう。

「少し待ってくださいね」

セルカはシグルドにそう言うと、リュクスを抱き上げて膝の上に乗せる。

「眠い？」

「んーん」

ゆっくりと首を横に振る。ぐずる様子もない。先ほどちょっと眠ったせいか、眠気は飛んでいるようだ。

「リュクス、この人はね、リュクスのお父さんなんだ」

「おきゃくさん、おとーさんなの？　やっぱり？」

リュクスはぱちぱちと瞬き、シグルドのほうをじっと見つめる。父親という存在は、サリタの話から知ったようで、以前『どうしてうちにはおとーさんがいないの？』と訊かれたことがあった。

あのときは、遠くにいるのだと説明したけれど……。

リュクスはシグルドに見つめ返されると、恥ずかしそうにセルカの腕に抱きついて顔を押しつける。けれど、初めて見る『お父さん』が気になるのだろう。興味津々という様子で、チラリとそちらを見てはピクピクと耳を動かしている。

人見知りをしている様子も、初めて会う父親という存在を怖がっている様子もないことにほっとする。

「それでね、お父さんが、大事なお話があるんだって」

「だいじ？」

頭を撫でながら言うと、リュクスはセルカを見て首をかしげた。

「うん。リュクスも一緒に聞けるかな？」

「聞ける！」

「いい子」

いい返事をしたリュクスの頭をもう一度撫でる。

「どうぞ、話してください」

セルカが促すと、シグルドは少しだけ沈黙したあと、口を開く。

「リュクスには少し難しい話かもしれないが、大丈夫か？」

セルカは思わず、ふふっ、と笑い声をこぼした。一緒に聞くと張り切っているリュクスを、気遣ってくれたらしい。

「ええ、大丈夫です」

そう言うと、シグルドは居住まいを正し、ゆっくりと話し始めた。

「俺の国がラムガザルだという話は、覚えているかな？」

「ええ、覚えています」

「ラムガザルがつい先日まで、コルディアと戦争をしていたのは知っているか？」

「戦争を……？　西のほうで起きていた戦争が終わったという話は、知っていましたけど、ラムガザルは北の国ですよね？」

「確かにそうだが、その西のほうの戦争というので合っている。主に戦地になったのがコルディア……アスニールの西側だから、この辺りではそう伝わっていたのだろうな」

戦争は何度か和平交渉を挟みながらも長く続いた。一時的な休戦などもあったようだが、気の抜けない状況が続き、ようやく終戦となったのはつい一月ほど前のことだったという。

「俺は、ラムガザルの公爵家の出なんだ。騎士として軍部に籍を置いていたこともあって、どうしても国を離れることができなかった。こちらに迎えを送ろうかと考えたこともあったが、俺の立場からすれば、ラムガザルに呼ぶほうが危険だというのもあって……」

せめて人を遣わせたかったが、その前にセルカを捜す必要があった。人を動かせば、怪しむものもいる。万一そのせいでセルカがシグルドの番であることが知られては恐ろしいことにならないとも限らない。

だが無事に戦争は終結した。事後処理も落ち着いてきたため、報奨の代わりに休暇をもぎ取り、ようやくこちらに来られたのだという。

「セルカさえよければ、すぐにでも国に戻って式を上げよう」

「――お話は、わかりました」

四年の空白も、シグルドがセルカにこれまで連絡を取ることもできなかった理由も。

「けれど、そんなことをする必要はありません」

セルカは微笑む。シグルドが自分たちを気にかけてくれたことは、うれしいと思う。なんと言ってもリュクスの父親なのだ。お前は父親に確かに大切に思われていたよと、そう伝えられることを幸福に思う。

けれど、結婚なんて、考えたこともなかった。

「公爵だなんて……そんな家の方と俺とでは、とてもじゃないけれど釣り合いません」

――貴族なんて最低の人間だ。愛を告げられても信じてはならない。平民のことは同じ人間だとも思っていない。絶対に関わってはならない。

呪いのように何度も伝えられた言葉だ。子どもの頃は、母の妄執に満ちた言葉がただ恐ろしいだけだったが、今となってはたとえ最低の人間でなかったとしても、住む世界の違いから関わるべきではないとも思う。

「俺は、この子を授けてくれただけで十分に幸せです。もしも、俺のことを少しでも思ってくださるなら、俺とリュクスのことをこれまで同様に放って置いてくれれば、それでいいです」

それはセルカの心からの言葉だった。シグルドにもそれがわかったのだろう。思案するように沈黙し、ゆっくりと頭を振る。

「……そんなこと、できるはずがないだろう」

苦しそうな声だった。

少しだけ、胸が痛む。

「君は俺の番で、その子は俺たちの子どもだ。──結婚がいやなのか？　それとも、ここを離れることが？」

「それは……」

あなたを信用していないからだとは言えなくて、セルカは言葉を濁す。

自分のせいで彼が巻き込まれたのだと思えば、何らかの譲歩はするべきなのだろうとも思う。けれど、ラムガザルに渡り、公爵家の人間と結婚するなんて、そう簡単に了承できることではない。

けれど、シグルドはすでにセルカの一番の望みである、リュクスを取り上げないという条件を呑んでくれているのだ。

自分がひどいわがままを言っているのだという気がして、セルカはこれ以上どう伝えていいのかわからなくなってしまう。

「おかーさん？」

セルカの困惑が伝わったのか、リュクスが不安げに見上げてくる。それにどうにか笑顔を返して撫でてやりながら、それでも言葉は見つからなかった。

本当は、この子のためを思うなら、シグルドの言葉に従ったほうがいいのかもしれない。自分は平民だが、リュクスは貴族の子としての教育を受けられる可能性がある。

平民のことは人間だと思っていなくとも、リュクスには半分とはいえ貴族の血が流れているのだ。貴族として扱ってくれるかもしれない。

……そう思いたい。けれど、セルカの中には、自分はそうではなかったという思いもある。

セルカは半分貴族の血を持ちながら、母と共に捨てられたのだ。

ラムガザルまでいって、リュクスが不当な目に遭わされたら？

リュクスは獣人なのだから大丈夫だと思うのと同時に、跡目争いに巻き込まれる可能性もないとは言えないのではないかという不安が浮かぶ。いや、それでも何もない森で隠れて暮らすよりは幸福だろうか……。

「――――ここを動きたくないというなら、自分がこちらで暮らそう」

「……え？」

思い悩み、何も言えなくなったセルカの耳に、とんでもない言葉が飛び込んできた。セルカは驚いて顔を上げる。

「身分が邪魔になるのだというなら、そんなものは捨てても構わない。そもそも俺は嫡子でもなく、家は一番上の兄が継ぐことになっているからな」

「で、でも、そんな……無理でしょう？」

「無理じゃない」

セルカの言葉にシグルドは目を細める。それが笑顔なのだと、セルカは気づいた。四年前にも、見た覚えのある表情だ。

「君が許してくれるなら、これからはここで、この四年間の分も償わせて欲しい」

「そんなこと、できるはずないでしょう？」

混乱しつつ、セルカは頭を振る。

身分を捨てて、国を離れて、ここで暮らす？

「あなたみたいな貴族が、こんな森の小屋で暮らすなんて、無理に決まっています」

公爵などという大貴族の屋敷がどんなものか知らないけれど、執政官の暮らす城を思えば、ここがその馬小屋程度のものでしかないことはわかる。

けれど、シグルドはなぜかそれができると疑っていないようだった。

「できるかできないか、実際にやってみれば納得するだろう。俺が弱音を吐くようなことがあれば望み通り一人で国に戻る。それならどうだ？」

悩んだ末、不承不承ながらセルカはうなずく。

「……そこまで言うなら」

どうせ無理に決まっているのだ。それで、この人が納得するなら、と思う。

「決まりだな！」

シグルドはうれしそうにそう言うと立ち上がる。

「外で待っているものたちに話をしてくる」

「えっ」

そんな人がいたのかと驚いている間に、シグルドは外へと向かう。挨拶の一つもするべきだろうかと思ううちに、窓の外からはシグルドと別の誰かの話し声が聞こえてきた。

何を言っているのかという、戸惑うような、責めるような言葉に、シグルドがもう決めたと返したようだ。

相手の言葉のほうがもっともだと思いながら、セルカはこれからどうなってしまうのだろうと、いつの間にか腕の中でうとうととし始めているリュクスを見下ろして、ため息をついた。

そうして、これ以上聞き耳を立てているのも悪趣味だろうと、リュクスを寝かしつけに子ども部屋にむかう。

やがてセルカが戻るころには、シグルドもすでに室内に戻っていた。

「一緒に来た方はどうなったんですか？」

「帰ったぞ」

「……納得して帰られたんですか？」

「ああ、もちろん」

シグルドはうなずいたけれど、本当だろうか？　とセルカは内心疑っていた。

「……まぁいいです」

シグルドの休暇とやらがいつまでかは知らないけれど、そんなに長いことでもないだろう。その前にこんなところでの暮らしに嫌気が差して帰ってくれれば、言うことはない。

「これからよろしくな」

「……はい」

了承したのは自分なのだからと、セルカはうなずいた。

「とりあえず、あなたの寝る場所を考えないといけませんね」

「寝る場所？」

「ええ。さすがに一緒に寝るわけには、その、いかないですから」

「番なのに？」

不思議そうに問われて、言葉に詰まる。

「……確かに番、ではありますけど」

じわじわと頬に熱が上がる。もう四年も前になるのに、あの夜のことを思い出しそうになる。

あんなふうに人の肌に触れたことも、触れられたことも、熱を分け合ったことも、全部全部セルカにはあれが最初で最後だったから。

だめだと思いながらも、発情期のたびに思い出していた。だから、脳裏に浮かべることは自分でも恥ずかしくなるほど容易だ。

「セルカがいいと言うまで、手を出したりはしないと誓っても？」

そんな言い方はずるい。

ここで拒んだら、自分がシグルドに手を出してもいいと言ってしまいそうだからだめだという意味にとられそうで……。

「――その誓いが守られるのか、俺にはあなたを信じる根拠がありません」

信用できないと面と向かっていったセルカに対しても、シグルドは怒らなかった。

ただ、少し考えたあと口を開く。

「なら、その誓いを破ることがあれば、おとなしくここを去るというのはどうだ？」

「……本当に？」

それも信用できないと、突っぱねることはできたのかもしれない。けれど、もともとは罪滅ぼしの一環として受け入れようと思ったことだ。

「ああ、この誓いも信じられないか？」

シグルドのその言葉に、セルカは小さくため息をつき、信じます、とうなずいた。

コンコン、と三度目の来客を告げるノックがされたのは、そのときだ。

「？　ちょっと見てきますね」

一体誰だろう。先ほどのシグルドの同行者だろうか？

一瞬そう考えたのだが……。

「セルカ、大丈夫かっ？」

ドアの外から聞こえた声に、セルカは驚いて目を瞠った。エドガーの声だ。

セルカは慌てつつ、シグルドに奥の部屋に行ってくれるように頼むと、ドアを開ける。

「エドガーさん？　どうしたんですか？」

「何かされなかったか⁉」

「えっ、あの？　は、はい。大丈夫ですけど……」

無事を確認するように頭のてっぺんから足の先まで見つめられて、セルカは戸惑いつつもうなずく。

「よかった……」

エドガーは安心したようにそういうと、深く息を吐き出した。

「村に戻ったら、お前のことを捜してるっていうやつが村に来たって父さんが……それで、ここに来る途中でも、いかにも都のほうから来た感じの騎士とすれ違ってさ。セルカやリュクスを連れてる様子じゃなかったし、最悪の状況になったわけじゃなさそうだとは思ったけど……ほんとよかったよ」

その説明を聞いて、セルカはなるほどとうなずく。

シグルドたちはここに来る前に、リステに寄ったのだろう。そこで情報収集をして、ここに向かった。

エドガーはそのころまだこちらにいたので、すれ違いになったに違いない。それで、状況を知ってあわてて駆けつけてくれたのだろう。

「心配してくれてありがとう。でも、大丈夫だから」

何もなかったといえば当然だがうそになる。同時に、シグルドのことを今説明するのも心配をかけるようで気が引けた。どうせ二、三日もすれば音を上げて帰っていくだろうし……。

「そうか……。まぁ、とにかくよかった。何か問題があればすぐに言ってくれよな」

「うん、ありがとう」

先ほども同じようなやり取りをしたばかりなのが少しおかしくて、同時にありがたくもあって、セルカはふわりと微笑んだ。

エドガーは軽く目を見開くと、なぜか慌てたように視線を逸らす。

「じゃ、じゃあ、俺は帰るな。慌ててたから、薬の配送もまだだし……。押しかけて悪かった」

「ううん、気をつけて帰ってね」

手を振って見送り、ドアを閉めてからようやくほっと息を吐いた。

それからシグルドを追いやった部屋のドアを開ける。そこはセルカの寝室であり、今日からはシグルドの寝室にもなる部屋だ。

「わっ」

ドアを開けてすぐの場所に立ったままだったシグルドに驚いて、セルカは声を上げた。

「びっくりしました。座っていてくださってよかったのに」

「今の男はだれだ？」

苦笑交じりで言ったセルカに、シグルドがどこか警戒したように問う。

「ああ、エドガーさんですか。リステの村長さんの息子さんです。俺がここを離れられないので、パンを届けてくれたり、薬の配送を手伝ってくれたり、いろいろお世話になっているんです。いい人ですよ」

危険な相手ではないと証明しようと、セルカはエドガーについて説明した。

「――――そうか。それは、俺からも礼を言わないとな」

「え？」

「俺の番が世話になっているんだ。俺が不在の間にいろいろと世話になったというなら、俺からも礼を言うのが筋だろう？」

シグルドがそっと目を細める。その表情を、今までセルカは笑顔だと認識していた。けれど、なぜだか今は少し怒っているようなそんな気配があって戸惑う。

「あの……」

どうしよう。できれば、シグルドがここにいることは、隠しておきたいのだが、どうせ二、三日で帰るのだから、などとシグルド自身に言えるはずもない。

けれど、セルカが何かを言う前に、その気配はすぐに緩んだ。

「いや、すまない。悪いのはすべて俺だというのに……。礼はまた、セルカがいいというときにしよう」

そう言われ、詫びるように髪を撫でられて、セルカは一体何だったのだろうとまだ少し戸惑いながらも、ゆっくりとうなずいたのだった……。

◇

「あれ？」

いっぱいに水の入った水桶を見て、セルカは小さく首をかしげた。

「シグルドさんかな」

いや、自分が記憶にないのだから、シグルドに決まっているのだが。

セルカの家は祖母の祖母の代から薬師をしている。おそらくだが、その頃はよほど村に頼りにされていたのだろう。森の中の一軒家としては贅沢な話だが、家の裏手に小さいながらも井戸がある。そこで水を汲むのが、セルカの日課の一つなのだが、どうやら今朝はシグルドがしてくれたらしい。

ありがたいことだが、セルカの唇からはついため息がこぼれていた。

――三人での生活が始まって六日。

シグルドは無理ではないと言い切っただけあって、狭い家での生活にも文句を言わず、むしろ生き生きと楽しそうに暮らしている。

軍属だったためなのか、シグルドは剣も弓も得意で、狩りに出向いては鳥だのウサギだのを狩ってくるし、薬草採取にも積極的に付き合ってくれる。文句の付けようのない働きぶりと言っていいだろう。

すぐに音を上げると思っていたのに……。正直、困惑している。

最初は少し恥ずかしがっていたリュクスも、もうすっかりシグルドに懐いてしまった。父親という存在が単純にうれしいのだろう。これまで父親の不在がずっと淋しかったのだろうかと考えると、申し訳ないことをしたとも思う。

かといって、セルカ自身、浮かない気分でいるわけではない。

むしろ、逆だから困っていると言ってもいいだろう。

「セルカ？　おはよう」

声をかけられて、セルカはぱっと顔を上げた。

「おはようございます。あの、お水、汲んでくれたんですか？」

「ああ、少し早く目が覚めてな。だめだったか？」

「いいえ、そんな……ありがとうございました。助かります」

「そうか」

セルカが礼を口にすると、シグルドはうれしそうに目を輝かせる。自分の言葉で一喜一憂するシグルドに、セルカはまだ少し戸惑ってしまう。

「シグルドさんは、鍛錬ですか？」

「ああ、軽くな」

シグルドはどうやら体を動かさないと落ち着かない質らしく、一緒に暮らし始めてからも朝に鍛錬をしているようだ。

そのついでに今日は水汲みもしてくれたのだろう。

「よければ、これからも水汲みは俺にさせてくれないか？」

「え、でも……」

「ちょうどいい運動になるから」

「――……そういうことなら、お願いします」

運動というのは嘘ではないかもしれないけれど、そう言えばセルカが気兼ねしないですむと思って言ってくれたのだろう。

申し訳ないと思うけれど、気遣いはうれしい。

「顔を洗ったら、すぐ食事の支度をしますね」

胸の奥がふわりと温まるような気がして、セルカはそんな自分の気持ちを振り払うようにそう言って外へ向かう。

シグルドがやさしかったり、笑ってくれたり、自分やリュクスを大切にしてくれるたびに、気分が浮き立ちそうになる。

うれしいと思ってしまう。それは、シグルドが番だからなのだろうか？

わからない。けれど、こんな生活がいつまでも続くわけではないと思うのに、シグルドの存在を受け入れてしまいそうなのが怖い。

すっかり慣れて、当たり前になって、彼に頼ってしまって、それから裏切られたら……。

正直、シグルドは裏切るような人には見えないけれど、それでも『休暇』だと言っていたことをセルカは忘れていなかった。報奨の代わりに、もぎ取ってきたのだと……。

だから、やはりこの生活はいつまでも、続くわけではないのだ。

頃合いを見て、シグルドはまたラムガザル行きの話を持ち出すつもりなのかもしれない。それを裏切りだと考えるのは、さすがに自分本位だろう。

そのとき、自分がどうするかは、まだわからないけれど……。

冷たい井戸水で顔を洗い、気分を入れ替える。

ふと空を見上げると、東のほうに厚い雲が出ていた。

「午後は雨かな……」

だとすると、午前中にいろいろと片付けなければならないことがある。

少し急ごうと、セルカは家の中へと戻る。朝食は残り物のパンをかまどで軽く温めたものと、塩漬けの肉を炙ったもの、裏庭から摘んだ野菜を使った簡単なサラダだけだから、すぐに支度はすむ。

途中で起きてきたリュクスの顔を、シグルドが洗わせて相手をしてくれていたので楽だった。

シグルドはこれまで人に傅かれる生活をしていたはずなのに、不思議と細かなところに気が回る。そして、それを厭うことなく実行してくれる。

意外と言っては何だけれど、セルカは助けられてばかりだった。

「さ、召し上がれ」

「いただこう。今日の予定はどうなっている？」

テーブルに用意した朝食を振る舞いながら、訊かれるままに、今日の予定について話をする。

これは今まではなかったことだ。これまではセルカは一人で仕事をしていたし、家の中のことももちろん自分でやっていたからだ。

けれど、シグルドに毎朝予定を訊かれるようになって変わった。シグルドはセルカの予定を聞いて、自分の手伝えそうなことやできそうなことを提案してくれる。

「雨が降りそうなので、簡単にでも屋根の修繕をしてしまわないと……」

先日の雨で雨漏りがあったのだと、少し色の変わってしまった壁を指す。

「そういうのは得意だ」

「得意？　屋根の修繕ですよ？」

「ああ、任せてくれ。梯子はあるか？」

「ええ、小さなものですけど……」

それほど天井の高い家でもないから、屋根に上がるにはそれで十分だった。

けれど、修繕が得意というのはちょっと信じ難い。

「他の予定は？」

「え、ええと……軒先に干している薬草を室内に入れて、あとは天候次第です。雨が早く上がるようなら、薬草の採取に出ますけど、夕方まで降るようなら室内の作業ですね」

「そうか。とりあえず屋根のほうは急いだほうが良さそうだな」

シグルドはそう言ってうなずく。

「あの、本当に屋根の修繕なんてできるんですか？」

「得意だと言っただろう？」

まぁ見ていろと、どこか得意げに言うシグルドに、セルカは曖昧にうなずいた。

「おかーさん！　ぼくは？」

「ん？　ああ、そうだね。リュクスにはシグルドさんが梯子から落ちないように、見張っていてもらおうかな。危ないから梯子は触っちゃだめだよ。できる？」

「できる！」

うんうんとうなずくリュクスに、セルカは思わず微笑む。

前々から『お手伝い』には意欲的だったリュクスだが、シグルドがいろいろと任されているのを見てますますやる気になっているらしい。

実際のところ、三歳児にしては体も大きく、知能も優れているとは言え、幼児は幼児だ。やれることは限りがあるのだが……。

「ぼくのほうが、おかーさんの役に立てるんだからねっ」

なんて言われたら、かわいくて仕方がない。

「ありがとう。頼りにしてるよ」

礼を言って、頭を撫でるとリュクスは満足そうに笑う。やっぱり、なんだかんだ言ってもリュクスが楽しそうにしているのが、セルカにはうれしかった。

――未来の不安を考えても仕方ない。

もちろん、今がよければどうでもいいということではない。けれど、状況だけでなく感情にも日々変化はある。

自分にも、リュクスにも。

何が起こって、そのとき自分がどう判断するか、今の自分ではわからないこともあるだろう。目を逸らすことがいいことばかりでは、ないんだろうけれど……考えすぎるのも、きっとよくない。

リュクスに一番いいようにしてあげたい。

少なくとも今、リュクスは父親が一緒に暮らしていることを歓迎している。自分がシグルドによそよそしくしていては、仲が悪いのかと思うだろう。ただでさえ、生まれてから三年は不在だったのだ。

「リュクスが頑張るなら、俺も頑張らないとな」

「おとーさんはいいの！」

楽しげに話す二人を見つめて、その気持ちだけ忘れないでいこうと、セルカは強く思った。


「本当に貴族なんですか？」

見事に修繕の終わった屋根を見て、セルカは思わずそう口にしていた。板は綺麗に打ち付けられているし、そもそもその板をちょうどいい大きさに切ったのもシグルドだ。

ちなみに、リュクスは作業を見ているうちに眠くなってしまったのだろう。テラスにある椅子で眠っていたので、子ども部屋に運んで寝かせた。

セルカの言葉に、シグルドは声を立てて笑う。

「子どもの頃は木の上に小屋を作ってもらって、そこで遊んだりもしたからな。壊れたところを自分たちで修理したりして……楽しかった」

「へぇ……」

その頃のことを思い出したのか、シグルドは随分楽しそうだ。

「貴族って、もっと堅苦しい生活をしているんだと思っていました」

木に登ったり、ましてや小屋の修理をしたりするなんて意外だった。もちろん、それを仕事や手伝いではなく『遊び』として行っている点が、平民の子どもとは大きく違うのだけれど。

「堅苦しい部分がないとは言えないが、子ども時代は比較的自由だったな」

「そういうものですか？」

「ああ。特に俺は跡取りでもなかったからな。兄は大変そうだったが……」

そう口にしながら、シグルドは懐かしいことを思い出すように、遠くを見つめていた。

家族のことを思い出しているのだろうか？　それとも故郷のことを？

「帰りたくなりました？」

「ん？　いや、そうじゃない」

セルカの言葉に、シグルドは苦笑して頭を振る。

「俺のほうはほとんど乳母に育てられたようなものだから、セルカといつも一緒にいるリュクスのことが、正直羨ましいと思ってな」

貴族というのは、そういうものなのだろうか。

なんだか不思議だった。セルカが母親と別れたのは子どもの頃のことだったが、亡くなるまで母は、セルカを大切にしてくれたと思う。

父親についてはひどい人だったとしか言わなかったし、貴族を憎んでいたけれど、その血が半分流れているからといって、セルカをないがしろにするような人ではなかった。

祖母からは、頭のいい人だったのだと聞いている。

だからもっと薬のことを学びたいと街に出て、そこでセルカの父に出会ったのだと……。

もし、母が現状を見たら、なんと言うだろう。

きっと、シグルドのことなど追い返していたに違いない。いや、セルカがΩだとわかった時点で、家から出さなかった可能性もある。

Ωが惹きつけてしまうαの多くは、母の嫌っている貴族なのだから。

「どうかしたか？」

いつの間にかシグルドを見つめてしまっていたらしい。不思議そうに聞かれて、慌てて目を逸らす。

「い、いえ、その、ちょっと母のことを思い出していて……」

「セルカの母君か……セルカに似ていたのなら、きっと美しい人だったんだろうな」

「そんな……確かに、母親似ではありましたけど」

父親に似ていたら、母を悲しませたかもしれないからそれはいいのだが、美しいなどと言われるのはどうにも面映ゆい。

そういえば、シグルドは家族にセルカたちのことをなんと話しているのだろう？　セルカを番にしたことはわかっていても、こちらに来た時点ではリュクスのことはわかっていなかったはずだ。

「あの、シグルドさんのご家族は、その……」

「祖母と、父と母、兄と弟が一人ずつ。兄はもう結婚しているが、父がまだまだ壮健だからな。家を継ぐのはまだ先の話になりそうだ」

「いえ、そうじゃなくて……」

自分やリュクスのことをどう伝えたのか、そしてどう思っているのだろうかと訊こうとして、ハッと言葉に詰まる。

「いえ、何でもないです」

こんなことを訊いたら、まるで自分がシグルドの家族に認められているのかを案じているようではないかと思ったためだ。

伝えられることも、認められることも、望んでいるわけではない。

だが、少しずつこういうことが増えた。

それもこれも、シグルドの滞在が長くなってきたせいだ。

長く一緒にいれば、個人的なことに話が及ぶことも増える。それこそ家族でもなければ知る必要もないようなことまで。

「なんだ？　気になるな」

「本当に、たいしたことじゃないんです。あ、ほら、もう降り出しそうですよ。俺は梯子をしまってきます」

言いながらセルカは梯子を手に取る。

「余った木材はどうする？」

「ええと、じゃあそれもしまっておきましょうか。使わないようなら薪にしてもいいし」

「それなら俺が梯子もしまってくるよ。セルカは先に中に戻っているといい」

「え、あ、でも」

梯子を取り上げられて戸惑うセルカの頭を、シグルドはやさしく撫でた。

「できればセルカのお茶が飲みたいんだが、いいか？」

「……はい」

うなずくと、シグルドはさっさと倉庫にしている部屋へと向かっていく。

なんだか熱くなった頬を手の甲で押さえて、セルカは室内に入った。お湯を沸かし、雨の降る前にと思って摘んでおいた薬草をポットに入れていると、シグルドが戻ってくる。

お湯が沸く頃には、ポツポツと雨が降り始めていた。

「間に合ってよかったな」

「ええ、本当に」

ポットで茶葉が蒸らされるのを待つ間に、セルカは広く軒のとられたテラス側を除いた雨戸を下ろし、シグルドもそれを手伝ってくれる。

「静かだな」

確かに、雨が地面や木々の葉を叩く音がずっとしているのに、室内はいつもよりずっと静かに感じられた。

「不思議ですよね」

お茶をカップに注ぐ音まで、いつもより響いている気がする。

「お疲れ様でした」

シグルドの前にカップを置くと、シグルドは黙ってそれを手に取り、少しだけ吹き冷まして口をつける。

「美味い」

「お口に合ってよかった」

薬草茶は、貴族が口にする紅茶などとは、全く違うものだ。毎日のように飲むものだが、季節やその日に選んだ薬草によって味はがらりと変わる。

「子どもの頃は何でも試してみたがって、とても飲めないような味のものになってしまうこともよくありました」

苦すぎたり、酸っぱすぎたり、刺激臭がしたり。けれど、祖母はそれが体に危険なものでない限りは止めようとはしなかった。

「そうなのか？」

「ええ。もちろん、商品になるようなものには手を出せませんから、専用の畑を作って、いろいろと試しました。祖母が褒(ほ)めてくれるとうれしくて……」

「俺も試してみたいな」

「シグルドさんが？」

「ああ、セルカが褒めてくれるようなものが作れるかもしれない」

「それなら、専用の畑を作らなくちゃ――」

いけませんね、と皆(みな)まで言わず、セルカははっと我に返る。

ちらりとシグルドを見ると、シグルドはセルカをじっと見つめ、微笑(ほほえ)んだようだった。

「いいな。そうだ、どうせならリュクスの畑も作ってやるのはどうだろう？　俺のだけじゃ拗(す)ねるかもしれない」

楽しそうに言われて、セルカは一瞬(いっしゅん)言葉に迷う。畑を作るというのは、一日二日でできることではない。いや、作るだけならばある程度はできるが、収穫(しゅうかく)までには時間がかかる。特に今はもう秋口で、とれる薬草も少なくなる時期だ。

今植えても春や初夏まで収穫できないものも多い。シグルドはわかっていないのかもしれないけれど……。

「――そうですね。リュクスにも訊いてみましょうか」

それならそれでいいと、そう思ってうなずく。

未来の不安からはしばらく目をそらすと、決めたばかりではないか。

自分が専用の畑をもらったのは七つのときだったと思うから、いくら獣人の成長が早いと言ってもリュクスには早いかもしれない。けれど……。

「村に、リュクスと仲良くしてくれている子がいるんです。その子と共同の畑にするのも、いいかもしれないですね」

サリタは七つだし、リュクスもサリタが喜ぶと思えばやる気が出るだろう。

「もちろん、サリタ……その子の意見も聞いてみなくちゃいけないですけど」

サリタはときどき、リュクスと一緒に薬草摘みにもついてきてくれることがあるし、興味はあるようだから、賛成してくれる公算は高そうだ。

「サリタというのはどんな子なんだ？」

「リステの村長の孫です。前に来たエドガーさんの甥ですね。歳は七つで、やさしい子。リュクスととても仲がいいんですよ」

四つも年上なのに威張ったところもなく、むしろリュクスに譲ろうとしてくれることも多い。獣人であるリュクスに最初は驚いていたけれど、すぐに本当の兄弟のようにかわいがってくれるようになった。

「……ひょっとして、明るい茶色の髪の子か？」

「え？　ええ、そうです。知っているんですか？」

首をかしげるセルカに、シグルドがうなずく。

「リステに寄ったとき、見かけたんだ」

その言葉に、そういえばシグルドはここに来る前にリステに寄っていたのだと思い出した。エドガーは父親に聞いたと言っていたし、村長宅にも寄ったのだろう。エドガーとはすれ違ったようだったが、どこかで見かけていてもおかしくはない。

「村長さんのご一家には、本当によくしてもらっているんです」

今度ちゃんと説明をしに行かなくてはと思う。エドガーに訊かれたときは、どうせシグルドは二、三日もすれば帰ってしまうだろうと思っていたから、ごまかしてしまったけれど、しばらくこのままの状況が続くなら、紹介したほうがいいだろうし……。

焼いてもらうパンの量も、増やしてもらったほうがいいだろう。もしくは自分で焼くようにするか……。他にも長期滞在になるならしなければならないことはありそうだ。

そう考えて、セルカはあることに気づき、ため息をつく。

「どうした？」

「え？」

「ため息をついただろう？　何か気がかりなことでもあるのか？」

「え、いえ、その……そろそろシグルドさんのことも、村長さんたちには話したほうがいいのかなって考えていただけです」

セルカの言葉に、シグルドが嬉しそうな顔になった。

セルカは少し申し訳ない気持ちになる。今の言葉は嘘ではない。シグルドのことを村長の一家に話すことは必要だろう。

けれど、セルカのため息の原因はそれではなかった。

シグルドが本当にこのまま居つくなら、どう考えても一番の問題は『発情期』である。

次の発情期までは、予定ならあと十日もない。

どうにかして、その間だけでもシグルドにはここを離れてもらえないかと思うが、素直に話せば逆に絶対に離れない気がする。

ここで暮らし始めてから、シグルドは約束通り、セルカに性的な意味で触れてはいない。もちろん、そんなに大きなベッドではないから、半ば抱きしめられるようにして眠っているけれど、それだけだ。

それでも、発情期だけはどうしようもない。それは、シグルドだけでなく、セルカにも言えることだ。

これまではずっと一人で耐えてきた。セルカが誰かに抱かれることで発情期を乗り越えたのは、四年前が最初で最後だった。

あのときの快感は、今でも覚えている。忘れたくても、簡単に忘れられるようなものではなかった。

だからこそ、番であるシグルドを前にして、自分がどうなってしまうのか、考えるだけで恐ろしい。

――――やっぱり、薬でなんとかするしかないか。

体調のことを考えると不安ではあるが、今回は、薬を多めに飲んでやり過ごすしかないだろう。

発情期を抑える薬は強く、どうしても体調が悪くなってしまう。発情期後にも影響があることから、できればあまり服用したくないのだが、背に腹は代えられない。

「俺のほうから挨拶に出向いたほうがいいか？」

「あ、ええと……明日は、週に一度、村長さんの家の人がパンを届けてくれる日なんです」

「先日のエドガーさんのときと、サリタの母親のメリッサさんのときで半々くらいですね。明日どちらが来てくださるのかはわからないですけど」

「エドガーとかいう男か？」

「そうか」

どことなくうれしそうな声に、ほんの少し罪悪感を覚えながら、セルカはすっかり冷めてしまったお茶に口をつけた。

◇

異変を感じたのは、昼過ぎのことだった。

いや、起きたときから違和感はあったのだ。だが昨日は雨で冷え込んだ。エドガーにシグルドのことをどう説明するか悩んでいるうちに、眠りにつくのが遅くなってしまったこともあって、少し体調を崩したのかもしれない。

そう思っていたのだけれど……。

「セルカ!」

ふう、とどことなく熱っぽい息を吐き出していると、薪割りをしてくれていたはずのシグルドが慌てたように声をかけてきた。

「……シグルドさん? どうしました?」

「どうしましたじゃないだろう? わかってないのか?」

珍しく焦った様子のシグルドはセルカが手にしていた薬草をテーブルに戻させると、セルカを抱き上げた。

途端に普段はそれほど意識しない、甘い香りが鼻先をくすぐる。同時にくらりと頭の奥が揺れた。まるで、あの日、酒に酔ったときのように……。

「あ、あれ……」

「発情期だ。ヒートが始まってる」

その言葉に、セルカは驚いて目を見開いた。

「嘘……だって、まだ」

頭を振るが、その間にも徐々に体が熱くなっていくのがわかる。

「俺が近くにいるせいかもしれない。とりあえず発情期であることは間違いない」

シグルド自身の声にも、こんな昼日中の空気にふさわしくない熱がこもり始めていた。

「まって……だめです。リュクスが……」

「どうすればいい？」

いつもはどうしているのかと問われて、リステの村長の家に預かってもらっているのだと答える。

「ん……っ……は、お、下ろして……リュクスを連れて行かなきゃ……」

「わかった。リュクスは俺が連れて行く。だから、ここで待っていろ」

シグルドはそう言うと、セルカをベッドの上に下ろした。

「お願い、します。シグルドさんも、そのまま、リュクスについていて、あげて……」

その言葉にシグルドはうなずいてくれただろうか。

快感に耐えるように目を閉じたセルカには、もう何もわからなかった。

ビクビクと震える体を丸め、熱い吐息を吐き出す。

——薬を……。

飲まなくては、と思う。

けれど、まだ用意していない。まさかこんなに早まるなどと、考えてもみなかった。前はいつでも用意のあった薬だが、リュクスを預けるようになってからは飲んでいなかったため、最近は煎じていない。

今回用の強いものを用意しようと考えていた矢先だったのだ。こんな状態で、薬を煎じることなど、できる気がしなかった。

幸い、リュクスはシグルドに連れて行ってもらうことができたから、その点だけは安心している。このまま、シグルドが戻らずにいてくれたら、薬のことなど心配せずにいつも通り三日間、自分を慰めればいいのだけれど……。

「っ……」

不意に、今まで感じなかった胸の痛みを感じて、セルカは息を呑んだ。

不安？　いや、これは、淋しさだろうか。

体は熱を上げていくばかりだというのに、胸の中心だけが妙に寒い。まるで胸に穴が開いて、そこに冷たい風が吹き込んでいるかのようだった。

気づくと、セルカはベッドを下りていた。ふらりと立ち上がる。そして、家の中をうろうろと歩き回った。

シグルドの香りのするものを、一つ一つ、集めていく。まだ洗う前のシャツや、使っていたタオル。すべてを拾い集めて、再びベッドへと倒れ込む。

シーツからも、枕からも、シグルドの香りがする。ようやく少しだけ落ち着いた気がした。今日が晴れでなくてよかったと思う。晴れていたら、このシーツも、シャツも、もうとっくに洗濯していただろう。

「シグルドさん……んっ」

シャツに押し当てた鼻をすんすんと鳴らして香りを吸い込みながら、ズボンと下着を脱ぎ捨て、とろとろに蕩け始めている場所へと指を伸ばす。

「あ、ぁ……っ」

ぬかるんだ熱く狭い場所で、きゅうっと指を締めつけながら、ぬかるみをかき混ぜるように指を動かす。

気持ちがいい。そのはずなのに……。

「足り、ない……っ」

こんなものでは、到底満足できない。

一晩だ。

たった一晩抱かれただけなのに、体ははっきりと覚えている。それでも、発情期が再び訪れるようになってからもずっと耐えてきた。

耐えることができた。

なのに、今は……体の奥が切なくて仕方がない。

「……さん……シグルドさん……っ」

名前を呼び、肺いっぱいにその香りを取り込みながら、足りないと訴える体を慰める。この一週間、眠っている間に背中に感じていたぬくもりや、ふとしたときに触れた指の感触までもが思い出されて、快感へとつながっていく。

あの腕に抱かれて、あの指に触れられて、一番奥まで満たされることができたら、どれだけ幸せだろう。

あさましいと、自分でも思う。ただやさしさで与えられたものまで、快感の糧とするなんて……。

閉じた目尻にじわりと涙がにじむ。それでも、四年前の一晩の記憶よりも鮮明な感覚と、鼻腔を通り抜ける香りにすがるように指を動かす。

「ふ、んっ……んぅっ」

両手を使うために、うつ伏せになって腰を高く上げた。鼻を枕に押しつけるようにしながら、右手の指をしとどに濡れた場所に突き入れ、左手でぷっくりと膨らんだ乳首を摘まむ。

「ん、んっ、あぁ……」

強い快感に身もだえながら、物足りなさに涙をこぼす。

気持ちがいい。でも、こんなものでは埋められない。

あの大きな瘤で栓をされて、中に出されたときのことをどうしても思い出してしまう。苦しいくらいいっぱいになって、気持ちよくなって、訳がわからないまま、それまで感じたことのないほどの幸福に包まれたあの夜のことを。

だが、そのとき寝室のドアが開き、そこから入り込んできたシグルドの香りに、セルカはうっすらと目を見開いた。

「っ……すまない、待たせた」

「シグ…ド…さん、なん、で……」

よほど急いで戻ってきたのだろう。はぁはぁと、荒い息をこぼすシグルドは、迷わずベッドに近づいてきた。

「そんなに俺を求めてくれたのか？」

ベッドの上に集められた自分の衣類やタオルを見てそう言ったシグルドに、セルカの頬は燃えるように熱くなった。

「今までずっと、独りで堪えさせてすまなかった」

シグルドがそう言って、セルカを抱き寄せる。ぎゅっと、強く抱き締められてセルカは安堵し、ぽろりと涙をこぼした。

「シグルドさん……俺……」

本当はずっと、淋しかった。

一緒にいたのは半日にも満たない時間で、抱かれたのもたったの一晩だけ。

お互いのことを何も知らないのに、どうしてこんなにも求めてしまうのか。それが、番というものなのだろうか。

セルカにはわからない。けれど、この一週間のシグルドが、まるで自分の信じたようにやさしくて、自分や、リュクスを愛おしんでくれる男に思えて……。

貴族の男なんて、信じてはだめだと、そう言われていたのに。

「――――抱いて、ください。もう一度全部、俺のこと、あなたのものにして……」

気づいたときには、そう口にしていた。

「ああ……今度こそ、離さない」

シグルドはそう言うとセルカをベッドへと押し倒す。片手で腰を抱き、首筋を甘嚙みしながらセルカの足の間へと手を伸ばした。

「あ、あっ……んっ」

ぐちゅりと濡れた音を立ててシグルドの指が中に入り込んでくる。

「あっ、あっ、中……」

自分の指よりも太くて長い指が、中を広げるようにかき混ぜる。けれどそこはすでにとろとろに蕩けて、もっと太いものを望んでひくついていた。指をどれだけ締めつけても、足りないという感覚が深まるだけだ。

しかし、それでも締めつけるたびに背筋には痺れが走り、中はますます濡れていく。

「あ、あぁ……っ」

「セルカ……」

シグルドがセルカの名を呼んだ。それだけで嬉しくなる。胸の奥が熱くて、泣き出しそうだった。

けれど、もう我慢できなかった。

こんなの、だめだと思うのに。はしたないと思われて、嫌われるかもしれない。

そう思っても、もう耐えられそうになくて……。

「シグルド、さん……も、お願い……っ、中、入れて……ぇ」

「セルカ……」

はっ、と息を吐き出す音がした。

堪えていた何かを吐き出すように。

「だが、君を壊してしまうかもしれない……」

それでもなお、押し殺したような声でそういったその人を、セルカは迷わず抱きしめる。

「壊して、いい……あなたにになら…何をされても、いいんです……っ」

今度こそ、シグルドは理性の楔から解かれたようだった。

セルカの足を抱え上げ、ズボンの前だけをはだけると、飛び出した太いものを迷うことなくセルカのぬかるみへと突き入れる。

「ああ――――っ」

深い場所まで開かれる感覚に、セルカの体はガクガクと震え、絶頂を迎えた。目の前がちかちかして一瞬意識が途切れた気すらする。

けれど……。

「ひ、んっ、あ、あん、あんっ」

シグルドの動きは止まらなかった。打ちつけるように、何度も何度も抜き差しされて、中を擦られるたびに恥ずかしい声がこぼれる。どこを擦られても蕩けそうに気持ちがよくて、ただ震えることしかできない。

「あ、ん……っ、ああ……も、また……イッちゃう……」

「好きなだけ、イッていい」

言葉と同時に、また深い場所を穿たれる。けれど、セルカの体は覚えている。もっとずっと深い場所まで埋められて、あの膨らんだ瘤で栓をされ、終わらないのではないかと思うほど中を満たされたことを。

「もっと……俺の中、いっぱいにして……っ」

セルカはシグルドの腰に足を絡め、自らの腰を強く押しつける。

「中に、びゅーびゅーって…出して……っ」

ぐぅ、と何かうなり声のようなものが聞こえた。

シグルドの目が、射貫くようにセルカを見つめる。

「……ああ、全部出してやる」

情欲の滲む声で告げられたその言葉に、セルカはゆっくりと微笑んだ。

シグルドが汲んできてくれた冷たい水を飲みながら、セルカは椅子の上でぼんやりと昼の庭を見つめる。

◇

今日はよく晴れたようだ。洗濯をしたいものがたくさんあるなと、そんなことを考えた。もっとも、この体では少し、難しいかもしれないけれど……。

目を覚ましたときには、ヒートはすっかり収まっていた。

半日以上抱かれ続けた体は、ひどい疲労感と、節々の痛みを訴えていたけれど、セルカは何一つ苦に感じない。

むしろ、ふわふわとした多幸感の中にあった。

「もう一杯飲むか？」

「いえ、大丈夫です。……ありがとうございます」

ほっとしたようにうなずいて、シグルドはセルカの手からカップを取り上げる。

「あ、あの」

「なんだ？」

当然のように抱き上げられたことに驚いたが、驚いているうちにベッドへと下ろされた。

「いえ、その……なんでもないです」

「そうか。もう少し、ゆっくりしているといい。リュクスは俺が迎えに行ってくるから」

そう言われ、やさしく前髪を撫でられて、セルカはじっとシグルドを見つめる。

「――シグルドさんは、いつまでここで暮らすつもりなんですか？」

セルカの言葉に、髪を撫でる手が止まる。

最初は、ただの気まぐれのようなものだと、それでシグルドの気が済むならばと受け入れた同居だった。

だが、この一週間、シグルドを見ていたら、本当にここで暮らしていく気なのだろうかと、そんなふうに思えることもあって……。

「いつまでも。ずっとだ」

「でも、今は休暇中なのでしょう？　休暇が終われば……」

「言わなかったか？　身分など捨てると」

「それは……」

確かに言っていた。けれど、本気だなどと思わなかった。

家は兄が継ぐとも言っていたけれど、それでも貴族に生まれた男が、何もかも――地位も財産も擲ってここに残るなんて、本気で信じられるはずがない。

「……どうしてシグルドさんは、そんなに俺を尊重しようとしてくれるんですか？」

四年前に逃げ出したセルカを怒るでもなく、リュクスを取り上げるでもなく、こんな場所で暮らして……。

「番なのだから当然だろう」

シグルドはあっさりとそう言った。

「……お人好しすぎます」

「俺は、君のために俺のできることならば、すべてしてやりたい。それだけだ」

セルカとシグルドが番になったのは、自分が巻き込んでのことだ。

シグルドはその場に居合わせてしまっただけで、何も悪くないというのに……。

「それはセルカのほうだろう」

なぜか、シグルドは呆れたようにそう言って笑った。

「俺はあのとき、自分の意思でセルカを抱いた。どうしてもセルカを俺のものにしたいと思ったから抱いただけだ。抱いて、番にした。誰にも渡したくないと、そう思ったからだ」

あの朝、起きてセルカが消えていたため、シグルドは側近にすぐ、セルカを捜させたのだという。だが、帰国せねばならない期日までには見つけられなかった。

「あのときほど、自分の仕事を恨んだことはなかった」

仕事さえなければ、自分はそのままこの国にとどまり、セルカを捜しただろうと言いながら、柔らかくセルカの頬を撫でる。

「四年は長い。俺はどれだけセルカに詰られようが、恨まれようが仕方がないと思っていた。なのに、こうして受け入れてくれた。リュクスが俺を恨んでいないことだって、君がそう教育してくれたからだ」

「そんなこと……」

確かに、セルカはリュクスに父親について悪く言ったことはない。けれど、それはむしろ自分のせいでリュクスから父親を奪ってしまったことが、申し訳ないとそう思っていただけのことだった。

「セルカが俺を信じられないのも無理はないと思う。だが、セルカが許してくれるまで、いつまでも償うよ」

「償われるようなことはありません」

確かに、大変なことはたくさんあった。生活も随分変わったし、つわりの時期はこのまま死んでしまって、腹の子も失ってしまうのではないかとすら思った。

けれど、番を得たことで楽になったこともある。他の人間を誘惑することがなくなったのは、その最たるものだ。村長やその家族と交流できているのも、そのおかげだった。

それに……。

「なにより、リュクスを授かることができたんですから……感謝しても、しきれないくらいです」

たった一人で、Ωであることを隠したままここで生きて死んでいく予定だったセルカにとって、リュクスは何よりも大きな福音だった。

「それは俺も同じだ。生んでくれたことにも、これまで育ててくれたことにも、感謝している」

力強くそういったシグルドに、セルカは思わず微笑む。それが、シグルドの本心からの言葉だとわかったからだ。

「それに、何度も言うけれど、そもそも逃げ出したのは俺です。あなたを責めたことなんて一度もありません。ここに残ると言われたことは、正直困りましたけど……」

「今も困っているか？」

シグルドの問いに、ゆるゆると頭を振る。

暮らし始めてしまえば嫌なことなど、本当はなにもなかった。番だからなのか、αだからなのか、シグルドの近くにいると満たされていると感じる。

もちろん、昨日のことも……。

思い出した途端頬が熱くなり、セルカはシグルドに背を向けるように寝返りを打った。

「リュクスも喜んでいますし……っ」

「セルカは喜んでくれないのか？」

「っ……」

そっと、うなじを撫でられて、ぞわりとあやしい感覚が背筋を駆け下りる。

「し、知りませんっ」

そう言うと、うなじだけでなく頭のてっぺんまで覆い隠すように、布団の中に丸まった。


午後になって、セルカはシグルドと一緒に家を出た。もちろん、リュクスを迎えに行くためだ。

シグルドはセルカの体調を案じてだろう、一人で行くと言ったが、セルカは同行することにした。

今回のヒートは本当に突然のことで、メリッサにも村長たちにも迷惑を掛けてしまったからお詫びをしないとならないし、何よりシグルドのことをちゃんと紹介するべきだと思ったからだ。

「やはり少しふらついていないか？　ほら、俺が背負っていくから……」

そう言ってこちらに背を向けてしゃがみ込んだシグルドを、セルカは追い越す。

「大丈夫ですって。恥ずかしいじゃないですか」

「なら村の手前で下ろす」

「心配性だなぁ」

くすりと笑って、でも大丈夫だからと頭を振る。

実際、体調に問題はなかった。疲労感はもちろんあるけれど、薬を使っているときに比べたらなんでもない。

「そういえば、リュクスを預けに行ったときは、問題ありませんでしたか？　驚かれたんじゃないですか？」

「確かに驚いていたな。だが、リュクスが俺を父親だと言ってくれたから、ひどい騒ぎにはならなかったよ」

「そうですか……よかった」

まぁ、セルカの家に来る前に一度訪ねたという話だったし、二人ともが獣人だ。シグルドがリュクスを連れて行こうとしたならば、さすがに簡単ではなかっただろうが、預けに行ったのだから、はっきりとしたことはわからなくてもとりあえずは……ということになったのかもしれない。

なんにせよ、きちんとした説明は必要だろう。

そんなことを話したり、やはり背負って行くだの大丈夫だのと揉めたりしているうちに森を出た。

森を出てしまいさえすれば、村長の家まではそう遠くない。

何人かの村人とすれ違ったが、彼らの目はすべてシグルドに向けられており、森の薬師に用事があったのだろうかという程度の目で見てくるだけだった。

　村長の家に着き、中へと声をかける。

「あら、セルカ」

　村長宅でセルカたちを出迎えてくれたのは、メリッサだった。サリタはおそらく母親似なのだろう。性別の違いはもちろんあるが、顔立ちも髪色もよく似ている。

「もう大丈夫なの？」

　普段ならば発情期は三日続くため、疑問はもっともだろう。隣にいるシグルドのことが気になるだろうに、最初に体調を気遣ってくれる辺りに彼女のやさしさが出ている。

「う、うん。今回は急にすみません」

　頭を下げ、お礼にと持ってきたいくつかの薬や薬草茶を渡す。

「気を遣わなくていいって言ってるのに……あ、リュクスはついさっきお昼寝を始めたところなのよ。よかったらお茶でも飲んでゆっくりしていって。そちらもご一緒に……」

　そう言いながら、メリッサはちらりとシグルドを見た。

「あ、あのシグルドさん、こちらがメリッサさん。村長さんの長男のお嫁さん。それでこっちがシグルドさん。俺の、その……つ、番、です」

　ぽっと頬が熱を持ち、セルカは思わずうつむいてしまう。

「シグルドです。昨日は失礼しました。急いでいたもので……」

礼儀正しく礼をしたシグルドにメリッサが微笑む。少しだけ怖い笑顔だ。彼女が怒っている様子なので、セルカは慌てて口を挟む。

「あの、本当にすみませんでした。メリッサさんにも、あと村長さんたちにもきちんと話をしたいので、お時間とってもらえますか？」

「……訊いてみるわね。多分大丈夫だと思うけど。とりあえずこちらで座って待ってて」

メリッサは玄関の横の、来客用の部屋を手のひらで示すと、奥へと進んでいく。

セルカたちは言葉に甘えて椅子に座る。程なくして、村長夫妻とエドガーがやってきた。長男であり、メリッサの夫であるフィルの姿はない。おそらく出かけているのだろう。

「昨日は急にすみませんでした」

セルカが立ち上がり、頭を下げると、シグルドも同じようにした。それに村長は少し慌てたように「いいから、座ってください」と口にする。セルカたちは特に逆らうこともなく、椅子に座る。

次に口を開いたのはシグルドだった。

「村長さんとは、以前一度お話をさせていただいたことがありましたが……」

「ええ、ええ。覚えていますよ。ラムガザルからいらっしゃったと」

「はい。そちらは、初めてですね」

そう言ってシグルドが見つめた先には、エドガーが座っていた。

「私の息子です。エドガー」

「……エドガーです。セルカとは友人です」

「ええ、話は聞いています。俺の番が随分世話になっていると」

シグルドが笑ったのが、セルカにはわかった。けれど、なぜだか室内の空気がピリッとした気がする。

そこに、メリッサがお茶を淹れてきてくれた。香りからして、先ほど渡した薬草茶だろう。

メリッサは全員の前に一つずつカップを並べ、エドガーの横に座った。

「ええと、あの、今も話に出ましたけど、シグルドさんが俺の番で、あと、リュクスの父親だというのは本当のことです」

セルカの言葉に四人は驚かなかった。

「まぁ、リュクスが父親だと言っていたしね。嘘だとは思わなかったわ。本当にびっくりはしたけど、そっくりだし、随分懐いていたし」

なによりセルカの体調が心配だったから、とりあえず追及はしなかった……というメリッサにセルカは「ありがとうございます」と礼を言った。

「私のせいで、セルカには随分と苦労を掛けてしまいました。こちらのご一家にも大変お世話になったと聞いています。今回のことも含め、私からも礼を言わせてください」

シグルドはそう言うと四人の顔を順番に見つめ、一度頭を下げた。そして顔を上げ、セルカを見つめる。

「これからは、私がセルカを支えていくつもりです」

その言葉に、胸がじんとして、セルカはぱちぱちと瞬きを繰り返した。そうしなければ、涙がこぼれてしまいそうな気がして。

「セルカを、ラムガザルに連れていくということですか？」

村長の言葉に、シグルドが頭を振る。

「いえ、私があの家で暮らすということです」

シグルドの言葉に、四人は驚いたように顔を見合わせた。その気持ちはよくわかって、セルカは少し笑う。

「とはいえ、世話になることもまだまだ多いと思います。リュクスを預かっていただくことも続きますし……。礼になることで私にできることは、なんでもやらせていただきたいと思っています。何かあればいつでも言ってください」

シグルドの言葉に、村長は微笑む。

「歓迎しますよ。とはいっても、私たちのほうこそセルカの薬には助けられているんです。あなたが、この子を連れ去るのでなくて正直ほっとしています」

「ええ、本当に。それに、リュクスはとってもいい子だから、少し預かるくらいなんでもないわ。うちの子と仲良くしてくれて感謝しているくらい」

　村長とメリッサにそう言われて、セルカはほっと胸をなで下ろした。けれど……。

「――俺は納得できない」

　そう言ったのは、エドガーだった。いつになく怒った様子で、シグルドを睨みつけている。

「傍に番のいないΩがどれだけ大変か、知らないわけじゃないだろ？」

　押し殺したような声でそう言ったあと、エドガーは耐えきれないというようにテーブルを叩いた。

「どうして四年も放っておいたんだ！」

「待って、エドガーさん、それは俺がシグルドさんの下を逃げ出したからだし、それに、シグルドさんは戦争があって――」

「いや、彼の言う通りだ」

　シグルドをかばおうとしたセルカの言葉を遮ったのは、シグルド自身だった。

「俺のしたことは許されることじゃない。だが、だからこそこれからは離れたくないんだ。もう、二度とセルカを一人にするつもりはない」

　はっきりとそう言い切ったシグルドが、セルカの手をぎゅっと握る。セルカは何も言えずに頬を染めて俯いた。

「もう、恥ずかしいからやめてください……」

消え入りそうな声でそう言った途端、ガタンと音を立ててエドガーが立ち上がる。そして、そのまま何も言わずに部屋を出て行く。

「エドガーさん!?」

とっさに後を追おうとしたセルカを止めたのは、それまでずっと黙っていた村長の妻だった。

「今はそっとしておいてやってちょうだい。あの子にも時間が必要だわ」

その言葉に、セルカは唇を噛み、ゆっくりとうなずく。

これまで、エドガーの好意を微塵も感じなかったと言ったら嘘になる。気持ちに応えることはできないと、やんわりと伝えてきたつもりだったが、直接的なことを言われたわけではないからと、きちんと拒絶しなかったのは自分の弱さだ。

「……すみません、俺……」

申し訳ないことをしてしまったと思うけれど、気持ちに応えられない以上、自分がしてあげられることなど何もない。

本当はもう、関わらないのが一番なのだろうけれど……。

「気にしなくていいの。これからも、変わらずに頼りにしてくれていいのよ」

「そうそう。脈がないのはわかっていたんだから。むしろこの時期にはっきりしてよかったくらいよ」

村長の妻の言葉に、メリッサも同意する。女性陣の言葉に、セルカは少し困ったけれど、ただ黙ってうなずいた。

「さてと、シグルドさんが一緒に暮らすっていうなら、これからはパンの量を増やしたほうがいいわよね？」

「あ、それなんですが、あの……これからは、自分で頼みに行こうかと思っていて」

これは、少し前から考えていたことだ。

村には共同のパン焼き窯があり、今まではセルカの家の分も、メリッサが焼いてくれていた。

だがそれは、セルカがシグルドからリュクスを隠すために、できるだけリュクスが人目につかないように暮らしていたことが原因だ。

リュクスを置いてパンを焼きに出ることが難しく、かといって週一で村に連れて行っていてはさすがに存在を秘匿することなどできないと思ったからだ。

実際、リュクスが森の家を離れるのは、月に一度の発情期のときだけで、その際には村長の一家以外には見られないようにお願いしていた。

リュクスの存在が知られて、万が一にもシグルドに見つかれば、リュクスを取り上げられるかもしれないと、ずっと恐れていたためだ。

けれど、そうはならなかった。

シグルドはリュクスのことを知っても取り上げたりはせず、それどころかこうして一緒に暮らすといってくれている。

そうでなかったとしても、一番隠したかった相手に知られた以上、これからは誰かにリュクスの存在を知られることを、恐れる必要はないはずだ。

「リュクスも、もっと外に出してあげたいし……」

エドガーの手を煩わせることも減るだろう。

「とてもいいことだと思うよ」

村長が安堵したように言い、村長の妻とメリッサも微笑んでうなずいてくれた。

◇

「……おはよう、ございます」

目を覚ますとシグルドがすでに目を覚まし、セルカの顔をのぞき込んでいた。

まだ少しぼんやりしつつそう口にして微笑むと、挨拶と一緒に唇にもふりとした感触があってクスクスと笑ってしまう。

発情期のあとから、少しずつスキンシップが増えた。

挨拶のキスや、ハグ、ちょっとしたときに手をつないだり、腰を抱かれたりもする。

最初はセルカも少し戸惑っていたけれど、最近ではすっかり慣れつつある。

「ん……もう、シグルドさん…、だめですって、ほら、起きないと」

けれど、いつまでもベッドの中でじゃれているわけにはいかない。セルカはシグルドを押しのけるようにして起き上がった。

少し空気が冷たくて、体が震える。もう秋なのだなと感じながら、服を着替える。

「あんまり、見ないでください。はい、シグルドさんも着替えて」

楽しそうにセルカの着替えを見ているシグルドを軽くにらんで、シグルドの服を投げつけた。

シグルドは笑ってそれを受け止めると、さっさと服を着込んでいく。その間に、セルカの支度も終わった。

「そういえばシグルドさんの服って、尻尾用の穴がないですよね」

前々から気になっていたことをなんとなく口にしつつ、顔を洗うために井戸へと向かう。

「ああ、尻尾はズボンの中にしまうのが普通だな」

「リュクスもそのほうがいいんでしょうか……知らなかったので、窮屈かと思って外に出していましたけど」

「別にどちらでもいいと思うぞ。単に、自分の感情が丸見えというのも、都合が悪いから隠しているというだけだから」

「……なるほど」

確かに、リュクスはうれしければぶんぶんと尻尾を振っているし、落ち込んだり、怖いときは尻尾を垂らしたり股の間に挟んだりもしている。

「俺は、そのほうがわかりやすいし、かわいいし、好きですけど……リュクスが隠したいって言い出したら、考えようかな」

今はまだいいだろう。せっかくあんなにかわいらしい尻尾があるのだ。隠してしまうのはもったいない。

シグルドの尻尾もズボンの中で、感情に合わせて動いているのかなと思うと少し楽しい。

そんなことを考えつつ、顔を洗うと、シグルドが水汲みをしてくれている間に畑の様子を見に行く。

薬草茶用の薬草や、朝食に使う野菜を収穫したり、雑草を抜いたりしてから井戸で洗い、台所に向かうとシグルドが竈に火を入れて、お湯を沸かし始めてくれていた。

それに礼を言いつつ、朝食の支度を始める。

なんとも言えない平和な時間だ。リュクスと二人の生活も、楽しいことや幸せなことはたくさんあった。けれど、自分の体のことや、リュクスの将来のこと、いつか見つかってリュクスと離れ離れになるのではないかという不安がいつもどこかにつきまとっていて……。こんな満ち足りた気持ちで過ごせる日々が訪れるなんて、思ってもみなかった。

朝食の支度をしているうちに、リュクスが起き出してくる。顔を洗ったり着替えをさせたりするのはシグルドに任せて、セルカはできあがった料理を食卓へと運んだ。

昨夜の残りのポトフをよそっていると、支度の調ったリュクスを連れてシグルドが戻ってきた。

「何か手伝おうか？」

「大丈夫。座っていてください」

そう返してポトフを運び、セルカも席に着く。

簡単にお祈りをして、朝食の始まりだ。

「おかーさんのパンおいしー！」

「本当？　ならよかった」

口元にパンくずをつけているリュクスに笑って、そっとパンくずを摘まんでやる。

「おばあちゃんが教えてくれたんだ」

昔は祖母の作ったパンを食べていたのだ。晩年は、祖母の指導の下でセルカが作っていたけれど、忘れないものだなぁと思う。

あの日以来、セルカは週に二日、パンを焼きに村に行っている。リュクスが起きていれば連れて行くこともあるし、あとから起き出したリュクスがシグルドに連れてこられることもある。

正直、最初は少し怖かった。

長く村の人間とも没交渉だったし、向こうも森の薬師の存在は知っていても、親しく言葉を交わすことなどなかったから、遠巻きにされている空気はあって……。

けれど、メリッサやサリタが声をかけてくれたし、リュクスがサリタを介して村の子どもたちと仲良くなったこともあって、セルカも徐々に馴染むことができた。

もちろん、シグルドの力も大きかったと思う。獣人でありながら、誰にでも気さくに接するシグルドはすぐに村人たちの信頼を勝ち取ってしまったから。

とはいえ、番としての本能なのか、セルカに親しくするものには少しだけ威圧しているように感じる場面もあるのだが……。

――そういうのも、嫌いになれないのだから、困ったものだと思う。

「ねぇねぇおかーさん、お祭りって知ってる？」

「お祭り？　村の？」

確か村では春と秋に小さな祭りがある。豊穣を祈る祭りと、収穫を感謝する祭りだ。収穫祭のほうは、そろそろだったかもしれないなと思う。

「そうじゃなくて！　おっきな街であるんだって。サリタから聞いたの」

「おっきな街……ああ、ティントかな」

確かに、ティントでは教会の主催する祭りが行われるはずだ。その日は領主や執政官からの施しもあり、観光客なども多く集まって随分と賑やかになるという。

当日に行ったことはないが、祭りに合わせて薬の注文も増えるため、セルカも日程は知っていた。

「おかーさんは行ったことあるの？」

「ないなぁ」

「おとーさんは？」

「俺もないな。どんな様子か、サリタに聞いたのか？」

通常、セルカのように行商をしているような人間以外が、村を離れることは珍しい。特に女性や子どもは稀だ。村には定期的な馬車の運行などもないし、セルカもティントに行くときは乗合馬車の出るルインまで徒歩で行っている。街道もあり、二時間程度で着くのだが、危険が全くないとは言えない。徒歩で行くのは往路だけで、帰りは辻馬車を利用するようにしていたほどだ。

けれど、サリタならばあり得ない話ではない。村長の家は村で一番の資産家だし、足に使える馬もある。父親であるフィルは村で何か物資が足りないときに、買い出しに行くこともあるはずだ。

「うん。サリタはね、一度だけ行ったことがあるんだって。お店もいっぱいあって、きれいなものとか、面白いものもあって、おいしいものもいっぱい食べられるんだって」

少しもじもじとしながら話す様子には、行ってみたいけれどそれを口にしてもいいのだろうかという感情が覗えて、セルカはこの小さな息子に自分がいろいろな我慢をさせていたのだなぁと改めて感じた。

もちろん、それを口にしたところで、連れて行ってあげられない家庭は多いだろう。だが、口にすることを躊躇わせてしまうことが悲しかった。

「……お母さんも、行ってみたいな」

「えっ」

セルカの言葉に、リュクスの尻尾が大きく揺れる。

「リュクスも、ついてきてくれる？」

「……う、うん！　いいよ！　ついてってあげる！」

ちぎれんばかりに尻尾を振るリュクスを、セルカは堪らずにぎゅっと抱きしめた。

「……いっぱい我慢させてごめんね」

「おかーさん？」

不思議そうな声で呼ばれて、セルカは慌ててリュクスを抱く手を緩める。

「リュクスとお祭り行けてうれしいなって、思って」

「ぼくも！　……あのねー」

「うん？」

もじもじしているリュクスの顔をのぞき込む。

「おとーさんも、一緒に来てもいいよ」

ちらちらとシグルドを窺い見るリュクスに、シグルドが目を見開く。そして、椅子を立つとセルカごとリュクスを抱きしめた。

「ありがとう。みんなで行こう」

どこか感極まったような声に、セルカは少し笑った。

――……とても、幸せだと思った。

「あ、でも、お祭りって確か……」

セルカは頭の中で、日程を思い出す。そこに合わせて納める薬のことがあるから、間違いないはずだ。

「あと一週間くらいしかないですけど、宿がとれるでしょうか」

食事を再開しつつ、セルカは少し不安になる。こんなに楽しみにしているのに、中止になってはかわいそうだ。

「宿か……まぁ大丈夫だろう。俺が手配しておく」

「本当ですか？　ありがとうございます」

ほっとしてセルカは微笑む。

「宿？」

「お泊まりするところ」

「お泊まり？　お泊まりするの？　おかーさんもおとーさんも一緒に？」

「そう。少し遠くに行くからね」

セルカの言葉に、リュクスは「きゃー」と楽しげな声を上げる。

「みんなでお泊まり、うれしーねっ」

「……うん、うれしいね」

今までリュクスの『お泊まり』と言ったらそれはセルカが発情期の際に、村長の家に預けられることであり、当然だがセルカが一緒に泊まったことは一度もない。こんなに喜んでくれる

リュクスがかわいくて、やっぱりかわいそうなことをしていたなと思う。

最初に村長の家に預けた頃は、セルカを恋しがってずっと泣いていたと聞いている。それでも、発情期の自分をリュクスに見せることなど到底できず、それならばと薬で抑えて体調を崩し、結局エドガーやメリッサに面倒をかけたりしたこともあった。

最近は、随分と慣れて、サリタと仲良く遊んでいると聞いてほっとしていたけれど……。

「前日の夕方に着くようにして、向こうに二泊しようか。リュクスは初めての旅行になるだろうし、ゆったりとした日程のほうがいいだろう」

それは、確かにそうかもしれない。

「けど、あの……」

予算はどれくらいになるだろう？　気にはなったものの、リュクスに金に関する心配を聞かせたくなくて、セルカは口ごもる。

細々と暮らしてきたため、貯金はそれなりにあった。一度きりのことなら、ある程度の贅沢は可能だと思うが、四年前にシグルドが泊まっていた宿を思い出すと、少し心配になる。

ここで暮らしているシグルドは、貴族であることも、贅沢も忘れたような顔をしているけれど……。

「心配しなくていい」

シグルドは、セルカが何を言いたいか、わかったようだった。安心させるようにそう言って、セルカの手を軽く握る。

ごまかされている気もしたけれど、悪いようにするつもりはないというのだけはわかった。詳しいことはあとで聞くとして、とりあえず今は納得することにする。

「――はい。よろしくお願いします」

そう言ってシグルドの目を見つめ、セルカはにっこりと微笑んだ。

◇

「すごい！　大きいねぇ！」

派手な色合いの不思議な格好をした大道芸人が、見たこともないような大きな動物に芸をさせているのを見て、リュクスが驚きの声を上げる。

けれど、正直セルカも驚いていた。こんな大きな生き物、セルカだって見たことがない。二人の手から落ちそうになっていた串に刺さった蜂蜜がけの菓子を支えてくれたのは、リュクスを腕に抱いているシグルドだった。

「あ、すみません」

慌てて持ち直すと、シグルドはふふ、と楽しげに笑った。

「あれはゾウといって、ここより南東の国にいる生き物だ。あんなに大きいが普段はおとなしい温和な性格だと言うぞ」

「そうなんですか……」

「おとーさんすごい！　何でも知ってるねぇ」

キラキラした目をするリュクスに、シグルドはまんざらでもなさそうだ。

実際、街も祭りも初めて見るものだらけのリュクスは、何でもかんでも指を差してあれは何？と訊いてくるのだけれど、シグルドはほとんど迷うことなく答えを口にする。

稀にわからないものがあれば、あれはわからないから訊いてみるかと近寄っていったりもした。

食べ物に関しては少しだけ厳しかったけれど、自分が食べて大丈夫そうだとわかれば、味の感想を聞かせて、一口食べさせてからそれでも食べたいというものを買ってくれる。

歩くときは人混みではぐれないように片腕でリュクスを抱いて、もう片方の手をセルカとつないでくれた。

四年前、二人が出会って、そして一人で逃げ出した街を、そんなふうに巡るのは不思議な気分だったけれど、決していやではない。

やがて大道芸人たちが休憩に入ると、中央広場の人混みもばらけていく。セルカたちも、本格的に夜になる前に宿へと戻ることにした。

酔っ払いが増えれば多少治安も悪くなる。子連れなのだから、早めに宿に戻ろうという意見で一致していた。

昨日から泊まっている宿は、宿というより屋敷を間借りしているという感じだ。小さな庭のある、二階建ての建物は、少し古いながらも手入れが行き届いており、美術品ではなく生花がたくさん飾られている気持ちのいい屋敷だった。

どういう伝手かは知らないけれど、この街に別宅を構えている知人に頼んで貸してもらったのだとシグルドからは聞いている。

その知人という人に挨拶をしたかったが、本人はここには住んでおらず、いるのは屋敷の管理を任された執事のマクセンと、その妻だというメイドのソフィーの二人だけ。

二人は屋敷の敷地内にある建物に住んでいて、主人が留守の間も屋敷の管理を続けているらしい。主人と面識があるわけでもない平民のセルカや、まだ小さなリュクスにも礼儀正しく接してくれて、こちらが恐縮してしまうほどだった。

ちなみに、シグルドはこの屋敷に何日か滞在したことがあるらしく、二人とも面識があるようだ。昨日のうちに屋敷を一通り案内してくれたのも、シグルド自身だった。

「おかえりなさいませ」

屋敷に着くと、マクセンとソフィーが出迎えてくれる。

「リュクスが眠そうだから、先に風呂に入れるよ。セルカは部屋で休んでいてくれ」

シグルドはリュクスを抱いたままそう言うと、風呂のほうに向かって歩いて行く。

「え、でも、シグルドさん疲れたでしょう？　ずっとリュクスを抱っこしてくれて……」

「それくらいは何でもない。体力には自信があるからな。ああ、ソフィー、着替えを用意してくれ」

「かしこまりました」

昨夜着ていた夜着は、ソフィーに洗濯するからと回収されたので、それを渡すのだろう。

絨毯の敷かれた階段を登り、大きなベッドとソファセットの置かれた寝室へとたどり着いた。帰ってくる大体の時間を伝えていたからだろうか。寝室の暖炉には火が入れられて、ランプにも明かりが灯っている。

ガラスのはまった窓の外には、夜とは思えない街の明かりが見えた。

美しい刺繍のされたソファに座り、ぼんやりと室内を見回す。

いくつものランプに照らされた室内は、少ないながらも質のいい調度品や、今朝見たのとは違う花が飾られていた。

シグルドはきっと、こういうのが当たり前の生き方をしてきたのだろう。そう思うと、夜はランプ一つで暮らすような森の生活がいやにならないのだろうかと不安になる。

おかしな話だ。

最初は、嫌気が差して出て行ってくれることを望んでいたのに……。

ドアをノックする音がして、セルカは「はい」と返事をする。入ってきたのは、ティーセットを持ったソフィーだった。

「お茶をお持ちいたしました」

にっこりと微笑んで、テーブルに茶器を並べる。

ポットを傾けると、こぽこぽという音とともに、紅茶の香りがふんわりと室内に広がった。

普段飲んでいる薬草茶とはまるで違う香りだ。

そうして、紅茶の入ったカップをソーサーに置くと、ソフィーは暖炉へと近づいた。すっかり室内が暖まったと思ったのだろう、灰をかぶせて火を弱める。

「あの、ここのご主人様はどんな方なんでしょうか？」

どことなく沈黙が気まずくて、セルカはそう訊いてみる。

「とてもおやさしい方ですよ。心の広い方で、身分も国籍も違う私たちにもとても親しくしてくださって……」

「え、ソフィーさんは、違う国の方なんですか？」

てっきりアスニールの人間だと思っていたが……。セルカの問いに、ソフィーは小さく頭を振る。

「いえいえ、私ではなく旦那様がラムガザルの方なんです」

「ラムガザルの……」

なるほど、と思う。シグルドはこの屋敷の主人と、母国で知り合ったのだろう。ようやく腑に落ちた気分だった。使われていないというのも、国に帰っているということなのかもしれない。

「今回こうしてお客様をお迎えできて、きっと喜んでいらっしゃいますよ」

「素晴らしい方なのですね」

「ええ、本当に」

そう言って微笑むソフィーが本当にうれしそうで、セルカもつられて笑ってしまう。

「あ、お引き留めしてすみません。あとは大丈夫ですから……」

「そうですか？　では何かありましたら遠慮なく呼んでください」

ソフィーはそう言うと、頭を下げて部屋を出て行った。

おそるおそるティーカップを持ち上げる。赤い液体は美しく、馥郁たる香りが鼻腔をくすぐる。

口当たりの良さそうな薄い陶磁器は、それだけでセルカの一月分の食費よりも高いだろう。

「紅茶……シグルドさん、好きなのかな」

もしそうなら、買って帰ってもいいかもしれない。もちろん、今淹れてもらったものは高級な茶葉だろうから、それよりもずっと安価なものにはなってしまうと思うし、それでもたまに出すくらいしかできないとは思うけれど……。

お祭りは楽しく、リュクスがはしゃいでいるのもうれしかった。手をつないでリュクスだけでなく自分のことまで気にかけてくれるシグルドのやさしさも、気遣いも、すべてがありがたく、セルカの胸を内側から温めてくれる。

本当にやさしい人だと思う。

貴族なのに……。こんな、何もかも人にしてもらうことのできる環境にいたはずの人なのに……。

いや、自分さえ拒まなければ、今だってシグルドはこんな生活を続けていたのではないだろうか。

シグルドが本当はここでのような生活を望んでいたらと思うと、ちりちりと胸が痛む。

森での生活を嫌がっているとは思わない。シグルドはいつだって楽しそうだ。だが、満足しているかはまた別だろう。

「俺、自分勝手だよね……」

思わずため息がこぼれる。

本当に、呆れるほどに自分勝手だ。一度は逃げ出して、追い返そうとした相手に、ずっとそばにいて欲しいと思うなんて……。

はぁともう一度息を吐いてカップを置き、ソファに沈み込んで目を閉じる。

祭りの喧噪がわずかに聞こえ、そこに静かな足音が混ざった。

「セルカ?」

ドアの開く音のあと、囁くように名前を呼ばれて、セルカは目を開く。

「すまない、起こしたか?」

「いいえ、寝ていたわけじゃないですから……」

そう言ってから、リュクスがシグルドの腕の中でかくりかくりと船を漕いでいることに気づいて笑う。

立ち上がり、リュクスをのぞき込む。どうやら、このまま寝てくれそうだ。

「さすがに疲れたみたいですね」

「随分と楽しんでいたからな」

まだ少し湿った毛を撫でてから、一人がけのソファを暖炉の前に移動させる。

「乾くまでは、ここに寝かせておきましょう」

セルカがそう言うと、シグルドはリュクスを下ろした。

「セルカも風呂を使うといい。着替えはセルカの分も運ばせておいたから」

「はい、ありがとうございます。いただいてきます」

素直にうなずいて、セルカは寝室を出る。

足が伸ばせるような風呂なんて、昨日初めて入った。花の香りのする石けんで体を洗うのも、入浴後に髪に香油をつけたのも、初めてで……。

なんだか、落ち着かない。

気持ちがいいのは間違いないけれど、リュクスがちゃんと寝入ったか、起きてシグルドを困らせていないかが気になって、結局それほど長風呂することもなく上がった。

玄関先のほうで、何やら声がすると気づいたのは、戸惑いつつも髪に香油をつけていたときだ。男の声のようだ。何を言っているかまではわからなかったが、誰かが訪ねてきたのだろうか。だが、セルカがバスルームを出る頃には、その声もしなくなっていた。

部屋に戻ると、ソファにリュクスの姿はなかった。きっと、シグルドがベッドに運んでくれたのだろう。

「なんだ、随分早かったな」

シグルドは、ソファに座って、酒を飲んでいたようだった。手にしている円筒形のグラスは、細かなカッティングが施されていて、ため息が出そうなほど美しい。

「ちゃんと温まったか？」

「はい。お酒を飲んでいたんですか？」

「ああ。リュクスは子ども部屋のベッドに運んでおいた」

「そうかなって思いました。ありがとうございます」

そう答えながら、自分がもう、本当にすっかりシグルドを信用しているのだと改めて思う。

手招かれるままに隣に座ると、もう一つ用意されていたグラスに酒が注がれる。

「このお酒……」

注がれたのは、シグルドが飲んでいるものとは違う、赤い色のとろりとした酒だった。忘れもしない、ラムガザルの酒だ。

少し前の自分ならば忌避したかもしれない酒だったが、セルカは微笑んで口をつけた。懐かしい甘さと酸味が口の中に広がる。

「やっぱりおいしいです」

「明日もあるから少しだけな」

「わ、わかってます……っ」

カッと頬が熱くなって、セルカは気まずさに視線を逸らした。

あのとき、自分は飲み過ぎてすっかり酔っ払ってしまったのだと、もうわかっている。

「そういえば」

赤い酒を見つめているうちに、ふとソフィーの言葉を思い出した。

「このお屋敷の持ち主の方は、ラムガザルの方なんですね」

「――――ああ、そうだ」

「シグルドさんのお知り合いなんですもんね。少し考えればわかりそうなものなのに」

気づかなかった自分に苦笑する。シグルドはグラスに口をつけていた。

「あ、そういえば、さっき誰か訪ねてきていたみたいです。玄関のほうで声が……」

「……何か聞いたのか？」

「何を言ってるかまではわからなかったですけど、男の人みたいでした」

「そうか……持ち主を訪ねてきたのかもしれないな」

明かりがついたからいるのかと思ったのかもしれないと言われて、なるほどと思う。

あり得ない話ではなさそうだ。

「だとしたら、気の毒でしたね」

「そうだな。いらない期待を抱かせてしまった」

少し沈んだ声で言うシグルドに、セルカは内心首をかしげる。

けれど……。

「セルカ」

名前を呼ばれ、肩を抱き寄せられると思考はぱっとほどけてしまった。どきりと心臓が高鳴る。

「あ……し、シグルドさん？　ん……っ」

そっと触れるだけのキスをされて、手の中にあったグラスを取り上げられる。

「あ、あの、だめですよ？　こんな、人のお屋敷で……あっ」

言っている先からソファに押し倒されて、目を白黒させる。

「酔ってるんですか？」

「酔ってなどいない」

「でも、こんな……発情期でもないのに」

困って視線を逸らしつつも、高鳴る心臓を止めることができない。

「……発情期以外、セルカに触れることは許されないか？」

悲しげな瞳に見つめられて、セルカはハッと息を呑む。

「ち、違います！　そんな……そんなこと……」

そんなふうに思われていたなんて、ショックだった。けれど、そんな誤解を与えたのは自分のせいではないか。発情期以外に抱かれたことは、一度もないのだから。

キスされて、抱きしめられるだけで、十分すぎるほど満たされていた。家は狭く、別室とはいえリュクスもいる。シグルドを不安にさせていたなんて、気づかなかった……。

「シグルドさんに、さわって欲しい、です。でも……いいんでしょうか……。こんな、人様のお屋敷で……」

「夫婦で泊まることとは、ここの主人もわかっているから問題ない」

そういうものなのだろうか？　正直、それでも落ち着かないけれど。

「せめて、ベッドで……お願いします」

こんな美しいソファを、汚すわけにはいかない。

頬が熱くなるのを感じながらもそう言ったセルカに、シグルドはうれしそうに目を細め、抱き上げた。

「あっ」

「うれしい。もちろん、発情期のセルカも色っぽく魅力的だが……」

「そういうこと、言わなくていいですから」

セルカは赤い頬を手のひらで覆う。

「今は、かわいい」

「もう……っ」

恥ずかしさに軽く睨むと、シグルドはセルカをベッドに下ろし、愛おしげに髪を撫でた。

そして、ゆっくりと服を脱がしていく。夜着に着替えていたためシャツと、ズボンと下着。

それだけでもう、裸になってしまう。シグルドがじっくりと見下ろしてくるのがいたたまれない。

「見ないで、ください……」

抱かれるのはこれで三回目なのに、今までで一番恥ずかしい。発情期の暴力的なまでの欲と渇望はなく、じわじわと熱が体に回っていくような感覚。

「シグルドさんも、脱いで……」

自分だけが裸だから恥ずかしいのかと思い、そんなことを言ってみる。シグルドは特に逆らうことなく、あっさりと服を脱ぎ捨てて覆い被さってきた。

「ん……っ」

抱きしめられて、胸板が重なる。シグルドの肌は熱かった。自分のほうが風呂から出たばかりだというのに、シグルドのほうが体温が高いのだろうか。

そんなことを考えてふと、ぱさり、とどこか聞き慣れた音がすることに気づく。

ぱさり、ぱさり、ぱさり。

「あ……」

セルカはそれが、リュクスが尻尾を振るときの音と同じだと気づいた。もちろん、この場合その音をさせているのは、シグルドということになる。

自分を抱きしめて、シグルドはうれしいと感じているのだとはっきりとわかって、胸がきゅんとする。

どうしようもなく、ときめいてしまう。

「シグルドさん……俺のこと、抱いてくれますか？　発情期みたいには、できないかもしれないですけど……」

不安もある。

発情期以外、セルカは自慰すらしたことがなかった。自分の体が、発情期でなくとも、ちゃんとシグルドを受け入れることができるのかもわからない。

けれど……。

「心配しなくていい。任せてくれ」

シグルドの言葉に、セルカは小さくうなずいた。

まるで初めてみたいだ、と思う。

シグルドの大きな手が、セルカの肌を撫でる。首筋や、鎖骨、肩、そして胸元へと下りて、男にしては少し大き目の乳首へと触れる。

「んっ……」

触れられているうちにそこは徐々に色づき、尖り始めた。

「あ、あ、ん……っ」

どうしてこんなところが気持ちいいのか分からない。

けれど尖りを押しつぶすように撫でられると、なぜか腰の奥のほうが痺れるようで……。

「気持ちがいい？」

そう訊かれて、セルカは唇を噛む。

「セルカ？」

「……わかってるくせに、訊かないでください」

「わかっていても聞きたいこともあるだろう？」

「んっ……あぁ…っ」

くりくりと、親指と人差し指の間で擦られて、ほんの少しの痛みと快感に体が震えた。

「こうされるのと、舌で……」

「あんっ」

指で触れているのとは逆の乳首を舐められ、舌で捏ねられて、快感に甘い声がこぼれる。

「こうされるのと、どっちがいい？」

「そんな……」

セルカが答えずにいると、シグルドは指と舌で、同時に乳首を嬲った。

「や、んっ、あ、あぁ……」

いやいやをするように頭を振っても、シグルドのふさふさの顔に手を伸ばしても、やめてくれない。

大きな舌で押しつぶされるようにされ、反対側は摘まんだ先端を指先で撫でられる。全く違う刺激を同時に与えられて、セルカはただ快感に震えることしかできない。

「あ、んっ、どっちも……！　どっちも、気持ち、いいです……っ」

恥ずかしい気持ちを抑えてそう言うと、ようやくシグルドが顔を上げた。

けれど……。

「それならもっと、かわいがってやらないとな」

「あぁ…あ……っ」

言えばやめてもらえると思ったのに、今度は舌で触れていたほうに指で、指で触れていたほうに舌で触れられた。けれど、先に舌で嬲られたほうは指で触れられてもぬるりと滑り、先ほどとはまた違う種類の刺激になる。

「あ、あ、そこ……ばっかり、も、や……ぁ」

乳首は真っ赤に充血し、弄られるたびに体の奥がとろとろと濡れていくのが、はっきりとわかった。

発情期でなくても、自分の体はシグルドを迎えようとしている。

そのことが恥ずかしく、けれど同時に安堵もしていた。

自分は発情期の、あの耐えがたい渇望を埋めるためだけに、シグルドを求めているのではない。ごく普通に抱き合って、触れられて、受け入れたいと思っているのだと……。

そう考えた途端、ますます体の奥が熱を持ち、まだ触れられてもいない場所が疼くのを感じる。

体の奥、いつもならば早々にシグルドのものが入り込んでくる場所。快感を覚えれば覚えるほど濡れていく場所をいっぱいにして欲しい。

しかし、それを口にしていいのかがわからず、セルカはきゅっと唇を噛んだ。

いつもと同じだと、思われないだろうか。発情期でもないのに、自分から欲しがるなんて、はしたないと思われるのではないか。

迷ううちに、シグルドの手がセルカの下腹部へと伸びる。

「あ……っ」

一瞬期待したが、シグルドの手が触れたのは、先走りで奥と同じように濡れている場所だった。

Ωとしての快感の源とは違う、男としての欲望に触れられて、セルカは目を瞠る。

「あ、んっ、や……待って…」

「なんだ？　気持ちよくないか？」

シグルドが顔を上げ、セルカを見つめた。

「あぁ……っ」

ぐりぐりと、先端を撫でられて、腰が跳ねる。

「気持ちよさそうだ」

くすりと笑われて、セルカは戸惑う。

「そこは、んっ、関係ない、でしょう？」

確かに、気持ちがよくないわけではない。けれど……。

「関係ない？」

ゆっくりと扱かれて、ぶるりと体が震える。

「どうして？」

「あ……ァ…っ」

「セルカが気持ちいいと感じる場所なら、どこでも関係がある。セルカに、気持ちよくなって欲しいから」

「そんな、あっ……あぁ…」

不思議だった。

体の奥は相変わらずシグルドを欲しがっているのに、シグルドの指が、舌が動くたびに気持ちがよくて、何かが満たされていくような、そんな気がして……。

「あ、んぅ……っ！」

結局、そのままセルカはシグルドの手で絶頂へと導かれた。シグルドは荒い息をこぼすセルカの上から体を起こし、セルカの体をうつ伏せにする。

そして、すでにとろとろと濡れて、誘うように蠢く場所へとようやく触れた。

「あ……ん、ああ…っ」

くちゅりと濡れた音がする。体はぐったりとして動かず、濡れた場所はシグルドの指をあっさりと受け入れた。

「は、あ……あ……っ」

「こんなに濡らして……中が誘うように動いている」

「んっ、だ……だって……」

欲しかったのだ。ずっと。今も、もうそこに入れて欲しくて堪らない。

指などではなく、もっと大きなものでいっぱいにして欲しい。

「シグルドさん……」

セルカはゆっくりと両手で自らの尻に触れ、割り開くように力を込めた。シグルドの指が、動きを止める。

「もう、大丈夫ですから……シグルドさんのものを、入れて…ください」

恥ずかしくて、手が震える。でも、セルカの脳裏には、先ほどさわって欲しいと言ったセルカに、うれしそうにしていたシグルドが浮かんでいた。

シグルドはきっと、セルカがシグルドを求めることを嫌がったりなどしない。

「――いいのか？」

「……はい」

うなずくと指が抜かれ、背後にシグルドが覆い被さってくる。熱いものが先ほどまで指が入り込んでいた場所に押し当てられた。

「セルカ……」

「あ…っ、あ、あ……んっ」

ゆっくりと、シグルドのものが入り込んでくる。

じわじわと、指では届かない場所まで押し広げられていく。発情期のときとはまるで違う感覚だ。少し息苦しく、引き攣れるような違和感もある。

けれど、それは確かに快感だった。シグルドが引き出してくれた快感の余韻が、今も体中に散らばっている気がした。

なにより、発情期のフェロモンがなくても、シグルドが自分を欲しがってくれているのだと、そう思うと堪らなくて……。

「大丈夫か？」

「ん…っ……は、はい」

うなずくと、シグルドがほっとしたように息を吐き出した。やはりシグルドも、発情期とは違うと感じているのだろう。

けれど……。

「き、気持ち、いいです……」

口にした途端、中にあるシグルドのものが少し、大きくなったのがわかった。

「あまり、煽らないでくれ」

「ご、ごめんなさい……でも、本当に……」

意識せずともそこが、中に入っているシグルドのものを、締めつけてしまう。

「……動いてもいいか？」

「っ……はい」

うなずいた途端、シグルドのものがずるりと引き出され、再び押し込まれた。

「あっ、あっ……あぁ…っ」

何度も繰り返されるうちに、ますますそこが溶けたように濡れそぼち、シグルドの動きを助ける。

「ん、あ…っ、あ…っ、あぁっ、あん……っ」

抜き差しを繰り返されるたび、繋がった場所から水音がこぼれた。中を擦られるのも、奥を突かれるのも気持ちがよくて、自然と中を締めつけてしまう。

けれど、これが全部ではないのだと、セルカにはわかっていた。

強く突き入れられるたびに、シグルドの性器の根元にある膨らみが縁を押し広げる。そのまま、奥に突き入れて欲しいとセルカが願うまで、時間はかからなかった。

突き入れるのに合わせるように、勝手に腰が揺れてしまう。

「もっと……んっ、全部、あ、あっ、入れて……っ」

「いいのか？　中で、出しても」

問いかけに声もなくうなずくと、シグルドは何度か抜き差しを繰り返したあと、セルカの腰をぐっと強く引き寄せ、同時に自らの腰を押しつけるように深く突き入れた。

「ひ、あ――……っ！」

入り口を大きく開かれ、一番深い場所まで突き入れられて、セルカは絶頂に達してしまう。

「は、あ…っ、あ…っ、あっ、あ……っ」

そのまま中に注がれて、その感覚にすらまた感じて体を震わせながら、セルカの意識はゆっくりと沈んでいった……。

◇

「何がいーかなぁ？」

翌日、サリタへの土産を買うのだと張り切っているリュクスとともに、セルカとシグルドは市場へと足を向けていた。

昨日の祭りとはまた別の賑わいを見せる市場に、リュクスはキラキラと目を輝かせている。

セルカ自身は、早々に村長宅への土産を購入していた。村長と夫人、メリッサとフィル——

——エドガーの分も。

エドガーとの関係は未だぎこちないままだったが、セルカのほうから働きかけることはさすがに憚られた。夫人にも、しばらくそっとしておいてあげて欲しいと言われている。

だが、土産を買うくらいはいいだろう。直接渡せなくてもかまわない。気持ちに応えることができなくとも、これまでの感謝は変わらないのだから……。

「おかーさん、これかわいーね？」

「ん？　あ、本当だ」

リュクスが指さしたのは、木製のアミュレットだった。植物の葉を象ったものだから、健康のお守りだろう。

「これにする？」

「んー」

リュクスは真剣に悩んでいるのだろう。その間に店の主人は、シグルドに向かって値段の交渉を始めている。

「他のも見てみる？」

しゃがみ込んでそう訊くと、リュクスは少し悩んでからこくんと頷いた。

「シグルドさん、一旦――」

言いながら立ち上がろうとして、ふっと目の前が暗くなる。よろめいたセルカの肩をシグルドが抱き留めた。

「あ、すみません」

「いや、大丈夫か？　……少し顔色が悪いな」

「え？」

自覚のなかったセルカは、シグルドの言葉にぱちりと瞬く。

「昨夜無理をさせたせいかもしれないな。悪かった」

「な、何言って……！」

ぱっと頬が熱くなった。ハッとして見ると、リュクスは少し不安そうな顔でこちらを見つめている。

「おかーさん、おなか痛いの？」

「そんなことないよ。大丈夫」

そう言ってリュクスの頭を撫でる。

「だが、顔色が悪いのは本当だ。リュクス、買い物は父さんと行こう。お母さんを休ませてやれるな？」

シグルドの言葉に、リュクスは少しきょとんとした顔をしたが、すぐに大きくうなずいた。

そうして、セルカが戸惑っている間に、シグルドはセルカの休めそうな店を見つけるとさっさと飲み物を注文し席に着かせる。

「ここで待っていてくれ」

「……ありがとうございます。リュクスもありがとう。お父さんの手を離さないようにしてね」

「うん！　おかーさんはここで待っててね」

シグルドの言葉を真似るようにそう言ったリュクスがかわいくて、セルカはふふ、と笑って手を振った。

二人との距離が十分離れてから、セルカは軽く目を閉じてそっと息を吐く。

確かに、少し疲れが出たのかもしれない。理由が理由なので、リュクスにはかわいそうなことをしてしまったなと思うけれど……。

そう考えてふと、昨夜のことを思い出し、頬が熱を持った。

「――……昼間から、何を……」

自分の思考に羞恥を覚えつつ、シグルドが購入してくれた蜂蜜入りの薬草茶に口をつけた。

「おいしい……」

普段家で飲む分には蜂蜜は入れないけれど、たまにはいいなと思う。

リュクスも蜂蜜は大好きだし、この機会に少し買い足していこうか。秋に採れる蜂蜜は濃厚なものも多く、値段は少し張るけれどとてもおいしいし……。

そんなことを考えていたときだった。

「すみません、少しよろしいですか？」

突然そう声をかけられて、セルカはハッと顔を上げた。この街には何人か仕事の付き合いのある相手もいるから、知り合いかと思ったのだ。けれど……。

「あの……どちら様ですか？」

見たことのない顔だった。年のころは、二十代後半だろうか。明るい金の髪を一つにまとめて縛っている。表情は微妙に強ばっていて、間違いなく親しい相手に声をかけるときのものには見えなかった。

「私は、ラムガザル王国第二騎士団副団長、テセウス・ブランシュ。シグルド・ラスロー団長の部下です」

「……シグルドさんの」

部下。

聞いた途端、背筋がひやりとした。なぜなのかは、自分でもわからない。言ってみればそれは、予感だったのだろうか。

「そんな方が、俺に何の用でしょう……？　あ、シグルドさんは今別行動で、戻ってくるのは少しかかるかも……」

「いえ、あなたにお話があって参りました。たいしてお時間は取らせません。――こちらにお邪魔しても？」

「……ええ、どうぞ」

向かいの席を示されて、断ることもできずにうなずく。

先に商品を購入してから席を見つける形式の店のため、店員が寄ってくることはない。テセウスは手に小ぶりのジョッキを持っていたが、口をつけた様子もないそれをテーブルに置いた。

「突然声をかけたご無礼をお許しください。どうしても、あなたにお願いしたいことがあるのです」

「お願い、ですか？」

「はい。……率直に申し上げます。シグルド様を国に戻していただきたいのです」

――ああ、そうか。

セルカは、そんなことを言われるのではないかと、自分がすでに覚悟していたことに気づいた。

セルカも一緒になのか、シグルドだけなのかはわからない。だが、シグルドの部下だという男が、あえてシグルドの目のないときに自分に望むことなど、こういったこと以外にあり得なかった。

はいともいいえとも言わないセルカに、テセウスは続ける。

国境周辺で残党によるきな臭い動きがあること、シグルドは先日までの戦争の立て役者であり、軍になくてはならない存在なのだということ……。

「ですが、団長は我々がいくら言っても帰ってきては下さらない。手紙はもちろん、屋敷にも訪問し、直接申し上げたが聞いてはいただけなかった」

テセウスの言葉に、セルカは昨日屋敷に来た訪問者のことを思い出した。あれは、テセウスだったのだろう。

セルカは、震えそうになる手をテーブルの下でぎゅっと握りしめる。

第二騎士団の団長。戦争の立て役者。

「シグルドさんは、そんなに……」

もちろん、先の戦争で活躍したことは知っていた。最初は、恩賞として休暇を得たのだと言っていたのだから。

けれどまさか、そんなにすごい立場の人だったなんて……。

「はい。今では白狼将軍と言えば知らぬ者のいないほどです」

「ハクロー将軍……」

その名前に聞き覚えがある気がして、セルカはわずかに眉を顰める。

「ええ、といいましても、コルディア側の言い出したことですが。我が国には将軍という階級はありませんので……。ラムガザル国内では、英雄と称されることのほうが多いですね」

「あ……」

テセウスのその言葉で、セルカはシグルドと再会する前、エドガーからその名を聞いたことを思い出した。

英雄とまで言われた将軍が、シグルドのことだったなんて……。

思わぬことに、セルカは呆然とする。

「あなたは団長に何を望んでいるのでしょうか?」

「何を……?」

言葉の意味がわからず戸惑うセルカに、テセウスはたまりかねたように口を開く。

「失礼を承知で申し上げますが——団長は本来ならば戦功として領地と爵位……そして、Ωが与えられるはずだったのです」

Ωが、という言葉にセルカは目を瞠った。

セルカはシグルドの番であり、今後シグルド以外の番を持つことはできない。

だが、αであるシグルドは別だ。セルカ以外のΩを番にすることも、可能なのである。

「ラムガザルでは、爵位を持つことのできるものはαのみと決まっております。爵位と共にΩを与えられるというのは、爵位が一代のものではなくそのまま永劫のものとしてよいという意味を持つのです。だというのに団長は……それらを受け取らない代わりに、国を出る許可を求められた」

「そんな……」

継ぐ家がないとシグルドは言った。

それは嘘ではなかっただろう。だが、爵位を与えられる予定はあったのだ。

シグルドは本当に、地位も名誉もなにもかも擲って自分とリュクスの下にいてくれたのだと知って、セルカはきゅっと唇を噛んだ。

そうしていなければ、申し訳なさに、今にも泣き出してしまいそうだった。

「しかし、陛下は納得しておられない」

「え……？」

それはどういうことなのかと、セルカはぱちりと瞬き、テセウスを見つめる。涙でぼやけた視界の中で、テセウスは気まずそうに視線を逸らす。

「――……陛下は団長が戻るならば、これまでの間のことは当初の予定通り休暇として処理し、褒美も与えるとおっしゃっています」

当初の予定通り。それはつまり、爵位と領地、そしてΩをと言うことに違いない。

テセウスの気まずそうな態度の意味が分かった。確かにそれを自分に告げるのは、気詰まりなことだっただろう。

「あなたには申し訳ないと思っている。だが、国の安全には代えられない。どうか団長のためを思うなら、身を引いていただきたいのです」

テセウスの声はどこまでも真剣で、鬼気迫ってすらいた。

そして、彼の中にセルカに対する罪悪感を見たことが、セルカをよりやるせない気持ちにさせる。

テセウスはきっと悪い人ではない。シグルドの部下、しかも副団長だというくらいだ。彼の価値観を多少なりとも理解しているだろうとも思う。

だが同時にΩを物のように思う気持ちもまた、テセウスの中にはあるのだと感じた。

『Ωを与えられる』という表現は、シグルドならばしないだろう。

けれど……。

「もちろん、できるだけの援助は約束させていただきます。あのお屋敷も、団長の許しが得られればこちらで買い取らせていただいて、あなたの名義に変えるつもりです」

覚悟を決めたようにセルカをまっすぐに見つめ、感情を殺したような声でそう言ったテセウスに、セルカは眉を顰める。

「あのお屋敷……？」

「今、あなた方が滞在している、団長のお屋敷のことです」

団長の――――つまりシグルドの、ということだろうか。

あの、マクセンとソフィーが管理している屋敷がシグルドのもの？

考えてもみなかったことなのに、それを嘘だとは思えなかった。

言われてみれば、という点はいくつもある。

ソフィーは、あの屋敷の持ち主はラムガザルの出身だと言っていたし、二人はシグルドと面識があるようだった。

そもそも、あの屋敷に灯が灯ったという理由でテセウスが訪ねてきたのも、あれがシグルドの屋敷だったからなのだろう。

「ご存じなかったのですか？」

テセウスの言葉に、セルカは狼狽えつつもうなずく。

「団長は、あなたを捜すための拠点として、またあなたがラムガザルに行くことを拒んだときのためにあの屋敷を購入したのです。どんな些細なことでも、あなたの望むことに応えられるように」

セルカが故郷の地を離れたくないと言った場合も、不自由なく暮らせる場所としてちょうどいいだろうと考えたらしい。

「団長は、本当に何もかもを、あなたに捧げている。あなたさえいなければ、きっと団長は国に帰ることを拒みはしません。あの方も国を愛していらっしゃる。そして、あの方の働きこそ、報われるべきなのです」

テセウスがシグルドを思う気持ちは、間違いなく本物のように思えた。

シグルドは国のために必要で、その働きを報われるべき人。

きっと本当に、そうなのだろう。

「どうか団長を、解放していただきたい」

そう言うと、テセウスは深く頭を下げたのだった……。

「やはり、まだ体調がよくないのではないか？　もう一泊すればよかったな」

村の入り口で馬車を降りるのに手を貸してくれながら、心配そうに口にするシグルドに、セルカはどうにか微笑んで頭を振る。

「気にしないでください。……多分久々に遠出をしたせいです。すぐによくなります」

「そうか……。そういうことなら早く帰ろう」

辻馬車に金を払い、家に向かって歩き出す。リュクスは馬車の中で寝ていたせいもあり、シグルドの腕の中でまだぼんやりとしているようだ。

「あ、でも、村長さんの家にお土産を渡しに行かないと」

うっかり、まっすぐ帰ってしまうところだった。

「明日でもいいんじゃないか？」

立ち止まったセルカに、シグルドが案じるように言う。

しかし……。

「お土産！」

突然そう声を上げたのは、リュクスだった。

見れば先ほどまでの眠そうな目とは打って変わって、ぱっちりと目を見開いている。

「お土産、サリタに渡すの！」

どうやら、土産という言葉でサリタのことを思い出し、すっかり目が覚めてしまったらしい。

にこにことうれしそうに言うリュクスを、シグルドが困ったように見下ろしていた。

「ほら、リュクスも楽しみにしていますし。ね？」

「――……わかった」

シグルドは逡巡ののち、ため息とともにうなずく。

「だが、村長のところには俺とリュクスで行こう。セルカは先に戻っていてくれ」

「え、でも……」

「眠れそうなら寝てしまってもいい。リュクスのことは俺が見ておくし、食事も用意する」

「そんな、さすがに申し訳ないです」

「いいから。少しでも君の助けになりたいんだ」

そう言ってシグルドは、セルカの肩を軽く抱き寄せてから離した。

「……ありがとうございます」

セルカはそっと目を伏せ、小さくうなずく。

「リュクス、サリタと仲良くね。お父さんの言うことをちゃんと聞いて、いい子にしてね」

「うん！」

リュクスはもう、サリタに土産を渡すことで頭がいっぱいなのだろう。ごねられなかったことに安堵と一抹のさみしさを感じつつ、セルカは二人と別れた。

夕暮れを迎えようとする森は薄暗いが、十分に慣れた道だ。セルカは家路をぼんやりとたどりながら、今日あったことを思い返す。

――あのあと、テセウスは自分のことはシグルドには言わないで欲しいと言うと、連絡先を書いた紙を置いて、すぐにあの場を去って行った。

シグルドたちが戻ったのは、テーブル上のお茶がすっかり冷たくなってからのことだったから、テセウスには気がつかなかっただろう。

もちろん、セルカからも言う気はない。

今はとりあえず一人で考えたかった。自分がどうするべきなのか。

家に着くと、セルカはとりあえず竈に火を入れ、お湯を沸かし始める。

ふつふつと湯の沸く音や、ざわりざわりと木の葉の擦れる音を聞きながら、ひどく静かだと感じた。

祖母が亡くなってからリュクスが生まれるまでは、ずっと一人でこの音を聞いていたのに。

背筋が冷える心地がして、セルカは暖炉にも火を移す。

……この家は、こんなに広かっただろうか。

そんなことを考えて、苦笑する。

――団長のためを思うなら、身を引いていただきたい。

不意に昼間言われた言葉が、耳の奥に蘇り、セルカは奥歯を噛みしめた。

シグルドの立場、国の状況、彼に与えられるもの。

ラムガザルに戻り、国のためにもう一度力を振るえば、シグルドの立場は盤石なものとなるのだろう。

そして、爵位と領地を、それをともに継ぐのにふさわしいΩとともに、下の代へと繋いでいくことが許される。

セルカとリュクスのために、シグルドが擲ったものはあまりに大きい。シグルドが自分たちに捧げてくれているものの重さに、押しつぶされてしまいそうだった。

だが、そうならないために自分を支えてくれるのもまた、シグルドが捧げてくれている彼の真心なのだ。

どうして、もう少し早く、と身勝手にも思う。

もう少し早く教えてくれればよかった。自分が、シグルドを手放すことを、手放されることを望んでいた頃に言ってくれればよかった。

――自分がシグルドを愛してしまう前に。

あまりにも身勝手な自分の考えに嫌気が差す。

どうして、シグルドだったのだろう。シグルドは自分が巻き込んでいいような人では、絶対になかったのに。

いや、それを言うならば誰でも同じだ。誰であっても、お互いの同意なく、番になどしていいはずがない。

そもそも外になど出るべきではなかったと、そう悔やみそうになった。けれどもしそうしていたらリュクスは生まれてこなかったのだと思うと、後悔することもまた酷いことのように思える。

過去を悔やんでも仕方がないけれど……。

そのとき、不意にドアを叩く音がして、セルカはドアへと視線を向ける。

「セルカ、いるんだろう？」

誰何を問うより早く聞こえた声は、エドガーのものだった。セルカは驚いて目を瞠り、急いでドアを開ける。

「どうしたの？」

「……体調を崩したって聞いて」

心配してきてくれたのだろう。

あんなことがあったのに、本当にやさしい男だ。

「シグルドさんとリュクスは……」

「あいつらは、メリッサがお前の分の食事も作って持たせるからって足止めされてるよ。子どもたちも離れたがらないし」

「そう……。とりあえず上がって」

言いながら体を引いて、中へと招き入れる。

「いいのか？　体調が悪いんだろう？」

言いながらもまるでしばらくの間没交渉だったことなどなかったように、いつも通り椅子にかけてくれたことに少しだけほっとする。

「本当に顔色が悪いよ。寝てたほうがいいんじゃないのか？」

「……なんでもないよ。ちょっと疲れが出ただけ。ちょうど今お茶を淹れてたところだから」

言いながら、ポットに薬草を入れる。お湯ももうすぐ沸きそうだ。

「なんでもないふうには見えないよ。……頼って欲しいって何度も言っただろう？」

もう何度聞いたかわからない、やさしい言葉だ。シグルドが番だとわかってからも聞けるとは、思っていなかったけれど。だが、いくら本人がいいと言っても、頼ってはいけないとわかっている。

「ありがとう」

「――シグルドさんのことか？」

「っ……」

戸棚から取り出したカップを落としそうになって、セルカは息を呑んだ。後ろでエドガーが小さくため息をついた。

「やっぱりそうなんだな」

「たいしたことじゃないから」

苦笑交じりの言葉で言われて、セルカはどうにかごまかそうと言葉を選ぶ。シグルドの部下が来て、自分に身を引くように言ったなどということは、知られるわけにいかない。

だが……。

「……ただ、今さらながら、シグルドさんをここに引き留めてよかったのかなって、思っただけ」

全くの嘘も思いつかず、それだけを口にした。

「何かあったのか？」

お湯を注いだポットとカップをテーブルに置いて、セルカも椅子に座る。

「エドガーが前に言っていたハクロー将軍っていう、英雄の話は覚えている？」

「ん？　ああ、あれだろう？　西の戦争の立て役者――」

そう口にしながら、まさかというように目を見開くエドガーに、苦笑しつつうなずく。

「シグルドさんのことだったんだ」

「……驚いた」

「俺も」

そう言いながら、お茶を注いだカップをエドガーの前に寄せた。

こぼれそうになったため息をカップにふー、と息を吹き付けることでごまかす。

「そんな人がこんなところで、子どもの世話に明け暮れているなんて……申し訳ないなって思ってね」

「セルカ……」

「ごめん、変なこと言っちゃった。……忘れて」

なんとかごまかし笑いを浮かべようとしたけれどうまくいかず、セルカはカップに口をつけて表情を隠した。

「……ひょっとして、シグルドさんと一緒にラムガザルへ行くか悩んでるのか?」

「え?」

エドガーの言葉に、セルカは驚いて目を瞠る。

それから、ゆっくりと頭を振る。

ラムガザルには国王から与えられるというΩがいるのだ。自分の居場所などない。

そう考えた途端、ぎゅっと胸が痛んだ。同時に喉の奥に、ぐるぐると渦を巻くような不快感を覚えてセルカは眉を顰める。

昼間はあまりの驚きと混乱に、そこまで気持ちが追いつかなかった。だが、シグルドが自分以外のものを番にするなんて、考えるだけでも泣きそうになる。

――これは嫉妬だろうか。

けれど、自分にそんなものを感じる権利などない。たった一夜、ヒートによってシグルドを惑乱し、抱かせただけの自分には……。

シグルドは自分の意思で抱いたと言ってくれたけれど、αがΩのヒートに逆らうことなどほぼ不可能なのだ。

番にしたいと思うことすら、ヒートが誘発する本能の発露に過ぎない。

なのに、こんな森の小屋での生活に、シグルドを縛り付けることなど許されるのだろうか…

「じゃあ、帰るな。ほんと大事にしろよ。……何かあったらいつでも頼ってくれていいから」

エドガーはシグルドに向かってそう言うと、セルカのほうを振り返った。

「具合が悪いって聞いたから、様子を見に寄っただけだよ」

リュクスの明るい声に、少しだけ心が緩む。

「そうか、よかったなぁ」

「うん！　すごーく！　楽しかった！」

「リュクス、旅行は楽しかったか？」

リュクスがそう言うと、エドガーは苦笑する。

「あっ、おじちゃん！」

言いかけて、シグルドは軽く目を瞠った。エドガーがいたことに驚いたようだ。

「セルカ起きて――」

ガチャリと音を立ててドアが開き、リュクスを抱き上げたシグルドが入ってくる。

そう言ってエドガーが立ち上がったときだった。

「やっぱり体調がよくないんだろ？　ベッドで休んだほうがいい。邪魔して悪かったな」

「あ……ごめん」

「セルカ？　大丈夫か？」

…。

繰り返されるいつものやさしい言葉に、セルカは苦笑してうなずく。エドガーはリュクスを撫でると、帰っていった。

「体調はもう大丈夫なのか？」

「……お茶を飲んだら少しすっきりするかと思ったんですが、やっぱりベッドで休ませてもらおうかと」

「そうか。ゆっくり休むといい。ああ、そうだ。これ、メリッサから夕食にと」

「なんだかかえって申し訳なかったですね」

どうやら持たされたのは、パンとシチューだったようだ。袋の中に鍋ごと入れられているのを見て、ありがたいなと思う。

だが、正直食欲はなかった。何より、シグルドと向かい合って食事をできる気がしない。

「おかーさん、まだおなか痛い？」

「……ちょっとだけね。でもすぐよくなるよ」

本当は腹痛ではないけれど、心配してくれているリュクスにそう返してそっと頭を撫でる。

「残しておくから、目が覚めて食べられそうなら食べるといい。今の季節なら持つだろう？」

「そうですね。ありがとうございます。……リュクスのこと、お願いしてもいいですか？」

シグルドの提案をありがたく思いつつそう言うと、セルカはシグルドがうなずくのを待って一人で寝室へと向かったのだった……。

◇

「……さん！　おかーさん！」

「わ！」

突然脇腹の辺りに触れられて、セルカはびくりと体を震わせた。手にしていた計量用のスプーンが手から落ち、薬草がテーブルに散らばる。

「ご、ごめんなさいっ」

慌てたように謝るリュクスに、セルカは頭を振り、その頭を軽く撫でた。

――またやってしまった。

おそらくリュクスは何度か声をかけたのだろう。気づかないなんて……いつの間にかぼうっとしていたらしい。

「大丈夫だよ。……どうしたの？」

リュクスはどこか不安そうにセルカを見上げている。

「……サリタと遊びたい」

「サリタと？　じゃあ、明日パンを焼きに行くとき、村長さんちに寄ってみようか。サリタがいるかはわからないけど、ダメならいつなら遊べるか訊けばいいし」

「やだ！　すぐ遊びたいのっ」

珍しいわがままに、セルカは困りつつリュクスを向かい合わせになるよう膝に抱き上げた。

「お母さんじゃだめ？　今日はお母さんと遊ぼう？」

「……でも、おかーさん、忙しいんでしょう？」

「忙しいなぁ。すごーく忙しくて疲れちゃったから、リュクスが一緒にいてくれたら元気が出るんだけどな」

「ほんと？　元気出る？」

「本当だよ」

セルカがそう言うと、リュクスはキラキラと瞳を輝かせた。ようやく明るい表情が引き出せたことに、セルカも内心胸をなで下ろす。

同時に、こんなふうにリュクスにまで影響が出てしまうなんて、自分は本当にだめだなと思う。

五日前、ティントから帰ってきて以来、セルカはずっと悩んでいた。シグルドのことをどうするのか、自分がどうするべきなのか……。

できるだけ、表面上はいつも通り過ごそうと努めていたつもりだったけれど、うまくできているとは言いがたかった。

こんなんじゃだめだと、思ってはいるのだけれど……。

「何して遊ぼうか？　お外行く？」

「んーん」

リュクスはふるふると頭を振り、そのままぎゅっとセルカに抱きついてくる。

そんなリュクスを見て、セルカはリュクスが本当にサリタと遊びたかったわけではなく、自分に甘えたかったのだと気がついた。

セルカがリュクスに意識を向けていないことがわかって、淋しくなってしまったのだろう。

「……ごめんね」

「なぁに？」

きょとんとした目で見上げてくるリュクスに苦笑して、頭を撫でる。

こんな小さな子どもを不安にさせるなんて、自分が情けなかった。

セルカ自身は父の顔も知らず、母も早くに亡くなったため、親の愛情に恵まれたとは言えなかったが、だからこそリュクスにはせめて自分からの愛情だけでも与えて育てたいと、強く思っている。

幸い、今は父親であるシグルドの愛も、注がれていると思っていいだろう。

――シグルドさん……。

思考が再び沈み込もうとしたことに気づいて、セルカは慌てて腕の中のリュクスを抱きしめ直す。

ぱたりぱたりと揺れる尻尾が、足をかすめて少しだけくすぐったい。だが、リュクスがリラックスして喜んでいることがよくわかって、セルカも安堵した。

「何か、お話ししようか。それとも歌がいいかな？」

「歌！　おかーさんの歌、大好き」

「うれしいな」

セルカは笑ってそう言うと、リュクスの好きな歌を歌い始めた……。


「リュクスは眠ったのか？」

静かに声をかけられて、セルカは小さくうなずく。

最初は一緒に歌っていたリュクスも眠気が勝ったのか、今は腕の中ですやすやと寝息を立てている。

狩りに出ていたシグルドが、少し前に戻ってきていたことには気づいていた。井戸を使う音がしていたからだ。

「部屋に運ぼう」

そう言って、シグルドがリュクスをセルカの腕から抱き上げる。仕草はやさしく、リュクスを見つめる視線には確かな愛情がある。

——このときが、ずっと続けばいいのに。

そんなことを考えた途端、胸が痛んでセルカは顔を俯ける。

だが、セルカはシグルドが子ども部屋から戻る前に立ち上がり、テーブルの上を片付け始めた。

こんな上の空な状態で、調合を続けるのは気が進まなかったし、いっそ庭に出てしまおうと思ったのである。それに、あまりぼんやりしていては、シグルドにまで心配されてしまいそうだ。

そんなことを思っていると、シグルドが戻ってきた。

「もう、ここはいいのか？」

「はい。目が疲れてきたので、細かな作業は明日にしようかなって……少し庭を見てきます」

薬草の入った瓶を棚に戻し、セルカは言葉通り、庭へと向かおうとした。けれど……。

「少し休んだほうがいいんじゃないか？」

「え？」

手首を摑まれて、セルカはぱちりと瞬く。

「顔色が悪い」

「そ、うですか？」

やさしく頬を撫でられて、いたたまれず視線を落とした。

「……なにか悩みがあるなら、話してくれないか？」

どきりとして、セルカは体を強ばらせる。それはきっと、手首を掴んだままのシグルドにも伝わってしまっただろう。

けれど、素直に認めるわけにはいかない。

「悩みなんて……特にないです。顔色が悪いのは、少し寝不足だからかもしれませんね」

そう言って苦笑する。ここのところ、あまりよく眠れていないのは事実だった。

「寝不足の原因を訊いているんだがな……俺には言えないか？」

そんな訊き方はずるい、と思う。

思わず謝罪しそうになった口を噤んで、セルカは小さく頭を振る。

「本当に、気にしないでください」

何もないのだと重ねて言うと、シグルドも一応はうなずいてくれた。納得したようには、見えなかったけれど……。

「そういえば、さっき村のほうに肉の余剰分を買い取ってもらいに行ってきたんだが、最近少し物騒な連中を見かけたものがいるらしい」

「物騒な連中？　野盗でしょうか」

話題が変わったことに内心ほっとしたものの、その内容は安堵できるようなものではない。

セルカは眉を顰めた。

「はっきりとしたことはわからないが、この国の人間ではないかもしれないと言っていたな」

「そうですか……わかりました。気をつけます」

もともと森の中は獣もいるし、夜には出歩かないが、昼でもリュクスから目を離すようなことがないようにしたほうがいいだろう。

「できるだけ、俺の目の届くところにいてくれ」

「……はい」

シグルドの言葉に複雑にねじれる胸の内を隠して、セルカは小さくうなずいた。


その日の夕暮れどきのことだ。

セルカはシグルドが狩ってきてくれた鳥を使って夕食を作っていた。肉を皮からじっくり炙った香草焼きをメインにして、キノコのサラダに、ミルク入りのスープ。少し固くなったパンは温め直して、スープに添える。

「おかーさん、薪割り終わったよー」

そろそろ呼びに行こうかと思っていたところで、ぱたぱたとリュクスが駆け込んできた。

続いてシグルドも入ってくる。シグルドには薪割りを、そしてリュクスにはその応援を頼んでいた。

「ちょうどご飯ができたところだよ。二人とも手は洗った？」

セルカの問いに、リュクスが大きくうなずく。

「はい！」

証拠、というように手を差し出したリュクスの手に触れると、井戸水のせいだろう。ひんやりと冷たく、手の甲にある被毛は少し湿っている。

「いい子。じゃあ、椅子に座って」

セルカがそう言うと、シグルドがリュクスを抱き上げて椅子に乗せてくれる。

三人分の料理を食卓に並べ、簡単に祈りを捧げると食べ始める。

「おいしー！」

「よかったね。お父さんが狩ってきてくれたんだよ」

「おとーさんすごいねぇ」

「またいつでも狩ってきてやろう」

「ほんとー？」

目をキラキラさせているリュクスに、シグルドはうれしそうにうなずく。

「リュクスも弓くらいは扱えてもいいかもしれないな」

た。

「弓？」

「あれのことだ。今日の鳥はあれを使って狩ったんだ」

シグルドが自分の使っている弓を指さすと、リュクスは期待に満ちた目でシグルドを見つめた。

「やったー！」

「もう少し大きくなったらな」

「ぼくもできるようになる？」

喜ぶリュクスの頭をシグルドが撫でてやる。

もう少し大きくなったら。

未来の約束に、セルカの胸がちくりと痛む。

「じゃあ剣は？　剣も大きくなったら？」

「剣か……剣なら、もう始めてもいいかもしれないな」

「ほんとー!?　やりたいやりたい！」

「ほらリュクス、スプーンを振り回しちゃだめだよ」

興奮して手を振り回すリュクスに、セルカは苦笑しつつ注意をする。

リュクスだけでなく、シグルドもまた、この生活が続くことを疑っていないように思えた。

自分だけが、迷っている。

テセウスは屋敷を訪ねたと言っていたし、手紙を送ったとも言っていた。シグルドは故国の状況を知っているはずだ。

そのシグルドがここで暮らすことを選択しているのだから、いいのではないか？　そう思う自分もいる。

けれど、あのときのテセウスの鬼気迫る声が忘れられない。本当に、いいのだろうかと考えてしまう。

そうして、食事が終わろうというときだった。

ドアを叩く音に、セルカは玄関のほうへと顔を向ける。

「こんな時間に珍しいですね」

この家を訪ねてくるのはエドガーかメリッサと決まっているが、それにしては遅い時間だ。急病人でも出たのだろうか。そう考えつつ、セルカが立ち上がろうとしたのを、シグルドが止めた。

「俺が出よう」

珍しくピリピリとした様子に、セルカは驚いて目を瞠る。その間に、シグルドは玄関へと近づいていた。

ドアが再び叩かれる。

「誰だ？」

セルカは手を伸ばし、不安げなリュクスをなだめるように抱き寄せた。

「団長殿でありますか？　テセウスです」

その声と言葉に、セルカははっとなる。ドア越しで、くぐもってはいるが、確かにそれはあの日ティントで聞いた声だった。

「……ここはお前が来るところではない。そう言ったはずだな？」

「命令違反に対する処罰は受けるつもりです。ですが――」

「俺はすでにお前の上役ではない。命令違反などと言うつもりはないよ。だが、話を聞くつもりもない」

「いいえ、聞いていただきます。そのために来たのです」

テセウスの一歩も引かないという姿勢に、シグルドはため息をつき、セルカたちのほうへ振り返った。

「すまない。話をつけてくる。セルカたちはここで……いや、寝室にでも行っていてくれ」

シグルドの言葉に、セルカはうなずく。

気にはなるが、リュクスを怖がらせるわけにはいかない。

「無理はしないで下さいね」

シグルドは安心させるように笑うと、ドアを開けて外に出る。

ちらりとドアの隙間から見えたのは、いかにも軍属といった雰囲気の男たちだった。五人ほどいたようだ。一人でなかったことは不安だが、さすがに武力行使に出たりなどはしないだろうと信じたい。

「おかーさん。おとーさん大丈夫なの？」

「うん。お父さんのお客様みたい。ご飯もう大丈夫？」

セルカの言葉に、リュクスは黙ったまま小さくうなずく。セルカはリュクスを抱いたまま立ち上がると、子ども部屋へと向かった。

ひょっとして、最近見かける物騒な人たちというのはシグルドの部下だったのだろうか……。

そうだとすれば、この国の人間ではないようだという証言とも合致する。

シグルドに国に戻ってくれるよう、説得に来たのだろう。あのときのテセウスの願いを無視した形になったことに多少の罪悪感を覚え、ため息をこぼす。

「おかーさん……」

「大丈夫。お父さんに任せておけば大丈夫だからね」

セルカはベッドに腰掛け、安心させるように、腕の中のリュクスをゆらゆらと揺らしてやる。

もしも、シグルドが国に帰るとなったとき、リュクスはどうするだろう。ふと、そんなことを思う。もう、会えないのだと分かったら……。

「……リュクスは、お父さんのこと好き？」

「大好き！」

迷わず答えるリュクスがかわいくて、切ない。

「おかーさんは？」

「うん？」

「おかーさんは、おとーさんのこと、好き？」

思わぬ問いに、セルカは大きく目を見開いた。

「おかーさん？」

不思議そうな目で見つめてくるリュクスは、セルカからも肯定が返ってくると何の疑いもなく信じているようだった。

「……お母さんも、大好き」

言った途端、涙がこぼれそうになって、セルカはリュクスをぎゅっと抱きしめる。リュクスはセルカに抱きしめられて、うれしそうな声を上げる。

「おんなじだねー」

「うん……同じだね」

そううなずいたときだった。

「とにかく一度国にお戻りください！」

よほど大きな声を出したのか、はっきりと聞こえたテセウスの声に、セルカはびくりと体を震わせる。幸いにも、リュクスのほうは何が起こっているかわかっていないせいだろう、少し不思議そうな顔をしただけでおびえた様子はない。

そして、シグルドが何か言ったのか、それ以降内容がわかるほどの大きな声が届くことはなかった。ただ、何かを話しているということだけがわかる。

けれど、セルカの耳には、そのテセウスの声がはっきりと残っていた。ティントで聞いた声と一緒に……。

ラムガザルはそこまでまずい状況なのだろうか。いや、今はまだいいとしても、今後もし今よりも厳しい状況になったとき、シグルドは後悔しないだろうか？

そんなことを頭の隅で考えつつも、リュクスの手遊びを見守っていると、やがて寝室のドアが開き、シグルドが顔を覗かせる。

「あっ、おとーさん！　お客さんはー？」

「お客さんは、帰ったよ」

シグルドは部屋に入ってくると、リュクスの頭を撫でた。リュクスの尻尾がうれしそうに揺れる。

「――――シグルドさんは……」

「うん？」

「帰らなくて、いいんですか？」

　セルカの言葉に、シグルドは驚いたように目を瞠った。

「あの人たちは、シグルドさんを迎えに来たんでしょう？　もしも、俺たちのことでここを離れられないと思っているなら、心配しないで欲しいんです。発情期は薬でどうにでもなりますし、俺もリュクスも大丈夫ですから」

　リュクスは自分の名前が呼ばれたせいかこてんと首をかしげてセルカを見たあと、じっとシグルドを見つめた。

　シグルドはまっすぐにセルカを見つめていたが、ゆっくりと頭を振る。

「俺はここを離れるつもりはない」

「でも、ラムガザルが……」

　思わずそう口にしたセルカに、シグルドは困ったような顔をした。

「最近様子がおかしいと思ったらそういうことか。……ティントで、何か聞いたのか？」

　問われて失言に気づき、セルカは口を噤む。けれど、シグルドはそれ以上問い詰めようとはしなかった。

　ただ、セルカの隣に腰掛け、微笑んでやさしく肩を抱き寄せる。

「国には俺でなくとも多くの優秀な人材がいる。だから、心配しなくていい」

「……でも、たくさんの人が、帰ってきて欲しいと望んでいるんじゃないですか？　終わったら、またここに戻ってきても……いいんですから」

セルカの言葉に、シグルドはうれしそうに笑った。

「セルカが戻ってきてもいいと言ってくれるのはうれしいが……おそらく、一度戻れば国を出ることは難しくなる」

「そう……ですか……」

その言葉に、セルカは軽く目を伏せる。

確かにそうなのかもしれない。

シグルドには爵位と領地とΩが与えられる。そうテセウスは言っていたし、帰還するようにという話が前から来ていたらしいことを思えば、シグルドを国に戻すことは難しいと相手は思い知ったはずだ。一度戻ったら次にここに来るのは難しいというのは、おそらく事実だろう。

「あいつら――今日来た奴らは俺の元部下だから、そう考えているだけで、実際は俺なんて単なる若輩だ」

だから自分が帰らずとも大丈夫だというシグルドに、セルカは曖昧に頷く。

本当に大丈夫なのだろうか……。

シグルドがそういうのだから大丈夫なのだろう、という考えは逃げだろうか。

わからない。けれど……。

『とにかく一度国にお戻りください！』

テセウスの声が、セルカの耳にはまだしっかりと残っていた。

「ん……」

ふと目を覚ますと、部屋の中は真っ暗になっていた。隣からは健やかな寝息が聞こえてくる。セルカは自分が、リュクスを寝かしつけながら、一緒に眠ってしまったことに気がついた。

今は何時くらいだろうか。

見れば、ドアの下からはうっすらと明かりが漏れている。どうやらシグルドはまだ起きているようだ。

セルカはリュクスを起こさないようにそっとベッドを下りると、そのままそっとドアを開けた。だが……。

「……」

居間にはシグルドがいた。

その横顔が憂いに沈んでいるように見えて、セルカは一歩も動けなくなってしまう。

だが、すぐにシグルドのほうがセルカに気づき、顔を上げた。その顔にはもう憂いなど一片もない。少し前のセルカならば、今のは気のせいかと思っただろう。

いや、シグルドが憂いていることにすら気づかなかったかもしれない。

けれど……。

「……寝かしつけているうちに眠ってしまっていたみたいです。シグルドさんは、まだ休まないんですか？」

「いや、そろそろ俺も休もうと思っていたところだ」

シグルドはそう言いながら、テーブルの上を片付け始める。

「これは……？」

「ああ、リュクス用の木剣だよ」

言いながら、木でできた小ぶりの剣を持ち上げる。

「リュクスが剣を使ってみたいと言っていたから……もちろん安全には配慮しているから安心してくれ」

ふわりと微笑んだシグルドに、セルカは微笑みを返しながらも泣きたいような気持ちになった。

どうして、この人はこんなにやさしいのだろう。

本当は、国が心配なはずだと思う。英雄とまで謳われた人だ。国を愛する気持ちがないはずがない。

先ほど一瞬見ただけの表情を思い出す。

シグルドがあんな顔をするのを、セルカは初めて見た。

なのに、セルカには何事もなかったかのように接してくれる。帰る必要などない、大丈夫なのだと笑ってくれる。

けれど、本当はそうではないはずだ。

たとえ本当に大丈夫なのだとしても、心配ではないということにはならない。

正直、セルカには国を憂う気持ちはわからない。そこまで『国』というものについて深く考えたことはなかった。だがもしもこれが『村』だったら、と考えればセルカにも多少考えが及ぶ。

リステが危機に陥って、自分にそれを救う手立てがあるとしたら……。もちろん、そうだとしてもリュクスやシグルドと天秤にかけることはできないと思う。それでも、迷うだろう。できる範囲で手を伸ばせないかと思ってしまうだろう。

エドガーやメリッサ、サリタ、フィル、そして村長夫妻や最近言葉を交わすようになった村人たちのために……。

そもそも、ラムガザルにはシグルドの家族がいるのだ。心配でないはずがないと思う。

そして、そんなシグルドをここに押しとどめているのが、自分たちだと思うとセルカはたまらない気持ちになった。

「セルカ？　どうした？」

心配そうに声をかけられて、セルカははっと我に返る。いつの間にか机の上はきれいに片付けられていた。

「いいえ、何でもありません」

「……そうか？　ならもう休もう」

シグルドの言葉に、セルカは小さくうなずく。

もしも今、自分が再びシグルドに帰国を促したとしても、シグルドは先程と同じように必要のないことだと言うだろう。

一体どうするのが一番いいことなのか、わからないままセルカはシグルドと共に寝室へと足を踏み入れた……。

◇

早朝の森は静かだ。

鳥の声はむしろ、静謐を際立たせるようにすら思う。

紅葉のオレンジに反するような、薄青さを感じる空気の中、朝露に濡れた落ち葉を踏みながら、セルカは小さくため息をこぼした。この季節にしか採れない、キノコを採りに来たのだが、頭の中はシグルドのことでいっぱいで、一向に採取は進んでいない。

――……一体どうすればいいのだろう？

昨夜は結局眠れなかった。

だが思考がまとまらないのは寝不足だけが原因ではないだろう。

この件について考えているのは今日だけではない。ティントでテセウスに会ってから、ずっと考えてはいたのだ。

シグルドに、ここにいて欲しい。

自分とリュクスのそばに。

いつまでも今のように暮らしていきたい。

それがセルカの偽らざる本音だ。

けれど……。

木の根元にしゃがみ込み、セルカは大きなため息をついた。

昨夜までずっと責めるように耳の奥にあったテセウスの声は消え、今はシグルドの憂いの表情だけが脳裏に浮かぶ。

自分は酷い人間だと、強く思う。

テセウスに言われたときも悩んではいたつもりだった。けれど、気持ちのほとんどはシグルドに残って欲しいというほうにあって、ラムガザルに帰すというほうに向くことはほとんどなかった。

罪悪感はあったけれど、実際にはシグルドの手を離すことを、考えてはいなかったのだと思う。

なのに、テセウスではなく、シグルド自身が辛そうなのだと思った途端、まるで自分のことのように辛くなってしまった。

あんな顔をさせたくない。シグルドにとって一番いい道を進んで欲しい。

そんなふうに思うのだ。

セルカ自身も、一緒にラムガザルに行くことも考えた。

図々しい話だとは思うけれど、ラムガザル行きはもともと最初にシグルドに求められたことでもある。きっと、できないことではないのだろう。

けれど……。

――戦功として領地と爵位……そして、Ωが与えられるはずだったのです。

ラムガザルには、国王から与えられるΩが待っている。

Ωが与えられることで、爵位の継承が認められると、テセウスは言っていた。

シグルドはそのΩも番にするのだろうか。『Ωが与えられることで、爵位の継承が認められる』ということは、そのΩとの間の子を跡継ぎにすることで、継承していくということなのではないか？

そうしたら、リュクスはどうなるのだろう。もちろん、リュクスに爵位を継がせたいと思っているわけではない。けれど……その環境で、リュクスが少しも傷つかずにいられるとはどうしても思えなかった。

もちろん、セルカ自身も、シグルドのそばに、もう一人番がいるという状況に、耐えられる気がしない。

それくらいなら……。

「俺が、離れればいいのかな」

セルカはぽつりと呟いた。

シグルドが行けないというならば、自分が離れればいいのかもしれない。

ずっとでなくてもいい。自分が……自分とリュクスが姿を消せば、シグルドはここにいる意味などない。きっと国に帰るだろう。

ずきりと胸が痛んで、セルカはぎゅっと膝を抱えた。

三人での生活がずっと続けばいいのにと願ったのは、つい昨日のことなのに、今は酷く遠いことのように感じる。

シグルドを国に帰そうなどと思わなければ、この生活が続くのかもしれないと、考えないわけではない。リュクスのことを一番に考えたなら、このままにしておいたほうがいいとも思う。

でも、シグルドに後悔して欲しくないのだ。

テセウスの言う通り、シグルドはその働きを報われるべき人だと、セルカも思う。あんなにいい人の望みを、邪魔したくない。

――君が許してくれるなら、これからはここで、この四年間の分も償わせて欲しい。

ここに来た日に、シグルドが言った言葉だ。

シグルドは四年間セルカを放置したことに、罪の意識を感じている。償おうとしてくれている。

もちろん、償われるようなことはないと、セルカは最初に伝えたけれど、だからシグルドの中にも償いの気持ちはない、とはやっぱり思えない。

そんなもののために、大切な時間を浪費して欲しくなかった。

「……今まで、大切にしてもらっただけでも、よかったって思わなくちゃ」

気づけば、シグルドがこの家に来てからもう、一ヵ月が経っている。

始まったばかりだったはずの秋は深まり、リュクスが拾ってくるどんぐりも茶色く色づいていた。

リュクスは納得しないだろう。父親と離されることを悲しむだろう。そう思うとまた決心が揺らぎそうになる。

けれど本当なら、ずっとリュクスと二人で生きていくつもりだったのだ。

それを選んだのは自分だ。リュクスを産むと決めたときに、そうする覚悟もまた、決めたはずだった。

自分だけでも、きっとこの子を幸せにすると。

——だったら……。

きゅっと唇を噛んだセルカの耳に、落ち葉を踏む音が届いた。セルカは顔を上げ振り向くと、大きく目を見開く。そこに立っていたのはテセウスだった。

「お久し振りです」

「どうして……ひょっとして、見張っていたんですか？」

「正直に申し上げれば、そうです」

隠す気もごまかす気もないらしい。率直な言葉にセルカは苦笑して立ち上がる。

「……ご連絡できなくて、すみませんでした」

どう言っていいか悩みながらも、セルカは頭を下げた。

「いえ、お願いはしましたが、あなたがすんなりと団長を手放してくださるとは、考えていませんでしたから……。あなたはラムガザルの人間ではないし、我が国のために犠牲になる義務もないのですから」

今もセルカを待っていたというわけではなく、シグルドを待っていたのだという。だが、見張りからセルカが出てきたと報告を受け、話をしに来たということらしい。

「……テセウスさん」

これも、運命だろうか。

「確かに俺は、ラムガザルの人間ではありません。犠牲になる義務もきっとないと思います」

決心しろと、背中を押された気分だった。

「けれど――――シグルドさんは、間違いなく俺の一部です」

全部ではない。少なくとも自分の半分は、リュクスのためにあると、そう思うから。

それでも、それ以外の自分が誰のものかと言ったら、それはどうしたってシグルドのものなのだ。いつの間にか、自分でもどうしようもなく。

そして、そのシグルドがラムガザルを愛しているのなら、そのシグルドの気持ちを大切にしたい。

テセウスは、何も言わず、ただセルカの言葉を待っているようだった。

森を覆っていた薄い青色が、朝日の中に少しずつ溶けていく。

「シグルドさんは、ラムガザルのことを心配していると俺も思います。本当は気にしているのも、わかるんです」

セルカはテセウスを見つめて、うっすらと微笑んだ。

「俺は息子と一緒に、ここを離れようと思います。俺たちがいたら、あの人は償いをやめることができないと思うから」

「……セルカさん」

初めてセルカの名前を呼んだ男の姿がにじんで、微笑みを浮かべたセルカの頬を涙のしずくがこぼれ落ちた。

「いいのですか?」

その言葉に、小さくうなずく。

「テセウスさんの言ったとおりです。俺も、シグルドさんは報われるべき人だと思うから」

「――ありがとう、ございます」

テセウスは、そう言うとセルカに向かって敬礼をした。

「ただ、俺には足がありません。リュックスを連れてここを離れるのは、時間がかかると思うんです」

「それなら心配はいりません。馬車を使ってください。滞在場所も手配します」

「……ありがとうございます」

勢い込むように言うテセウスに思わず笑って、セルカは涙を拭った。


「おかーさん？　パンは？」

村に着いたあと、共同のパン焼き窯ではなく、村の入り口へと足を向けたセルカに、リュクスは不思議そうに尋ねる。

テセウスとの暫定的な打ち合わせのあと、家に帰ったセルカは、シグルド宛に短い手紙を書いたあとはいつものようにパン種を作り、朝食の支度をした。

たまたま今日がパンを焼きに行く日であり、セルカとリュクスが二人で出かけてもおかしくない日だったことは幸運だったと言えるのだろうか。

わからないけれど、すべてが自分の取る行動が正しいのだと後押ししている気がして、そのことに勝手に傷ついている自分に呆れた。

自分で決めたことなのに……。

「……ごめんね、リュクス。本当はパンを焼きに出てきたんじゃないんだ」

セルカがしゃがみ込んで謝ると、リュクスはこてんと首をかしげる。セルカはそんなリュクスを抱き上げた。

「ちがうの？」

「うん。……少しだけ、遠くへ行くんだよ」

「お祭り？」

「……違うよ」

頭を振って、村の外へと向かう。村の周囲には害獣対策で簡単な柵と門はあるが、門番がいるわけではない。

「おかーさん？　どこいくの？　おとーさんは一緒じゃないの？」

「リュクスは、お母さんと二人じゃいや？」

「んー……いやじゃないけどー」

門をくぐり、リュクスを抱いたまま、セルカは街道沿いを歩いた。

パン種と一緒に包んできたのは、路銀と発情期を抑制する薬を始めとした、いくつかの薬だけだ。あまり余計なものを持ち出せば、シグルドにばれる可能性が高まる。そして、リュクスの手には、昨夜シグルドが作っていた木剣が握られていた。

朝にこれを見つけたリュクスが、手放そうとしなかったのだ。

「おとーさん、一緒に行きたかったんじゃないかなあ？」

「……そうかな」

「そーだよ」

当然というようにうなずくリュクスに、セルカは泣き出したくなる。自分もそうだと言えたら、そして今ここにシグルドがいたらどれだけいいだろうと、考えそうになる。

「お父さんは、お仕事で少し遠くに行かなくちゃいけないんだ」

「おとーさんも遠くに行くの？　同じところ？」

「ううん。違うところ。お仕事の邪魔をしちゃいけないからね」

「ぼく邪魔しないよ？　ちゃんとお手伝いするもん」

「……リュクスはいい子だね。じゃあ、お母さんのお手伝いもしてくれる？」

「するー！」

楽しそうに返事をして、パタパタと尻尾を振るリュクスに罪悪感が募る。

けれど、今真実を話して泣かれてしまうのだけは、避けなければならない。少なくとも、村から離れるまでは。

テセウスは、村から十五分ほど歩いた地点に馬車を待機させていてくれると言っていた。

それに乗って、イサリスという街に行くことになっていた。

ルインやティントではシグルドに見つかる恐れがあるし、イサリスは大きな教会のある街で人の出入りも多く、見つかりにくいだろうという判断だったようだ。

もっとも、セルカたちがそこで暮らす期間は長くはないし、シグルドが国に帰ることになれば、セルカたちは森の家に戻れるように手配してくれるという。

先日街で薬を売っておいてよかった、と思う。テセウスは援助すると言ってくれたが、セルカとしてはそこまで世話になる気はなかった。街まで送ってくれるだけでも十分すぎるほどだ。

本来ならそれだって、人の手を借りるべきではないのかもしれない。

だが、やはり自分一人ならともかく、リュクスの安全には代えられない。ルインまでリュクスを連れて歩くのは、さすがに不安だった。それに、発情期まで間がないこともあって、セルカは念のために発情期の抑制剤を飲んでいた。今も少しだるさがあるが、さらに体調が悪くなることも考えられる。

そんなことを思っているうちに、道の先に箱形の馬車が停まっているのが見えて、セルカはほっと息をつく。他に何があるでもない場所だ。あの馬車で間違いないだろう。

馬車の脇には、男が一人立っていた。

「おかーさん、馬車ー!」

「あれに乗っていくんだよ」

「そーなの?」

リュクスは驚いたような声を上げる。リュクスが馬車に乗ったのは、先日のティント行きが初めてだったが、嫌がるそぶりがなくて安心したものだ。

「おかーさんも馬車好き？」

「……お母さんは、ちょっと苦手かもしれないなぁ」

馬車に乗るときは、人との近さにいつもびくびくと怯えていた。Ωだと、ばれるのではないかと。

怯えずに乗れたのは、先日の旅行が初めてだった。そう考えた途端、どうしようもない寂寥に胸が締めつけられる。

「そーなの？　だいじょぶ？」

心配そうに首を傾げ、顔をのぞき込んでくるリュクスに、セルカは泣きそうになりながら笑った。

「リュクスが手を繋いでいてくれたら、大丈夫」

「そーなの？　うん！　ぼく繋いであげる！」

セルカの言葉にリュクスは大きくうなずくと、ぎゅーっとセルカに抱きついてくる。

そのぬくもりに、自分がしっかりしなくてはと思う。リュクスを手放さなかったのは自分の勝手なのだから。

本当はリュクスに選ばせようかとも考えた。自分とシグルドのどちらについて行くか。

でも、今のリュクスはまだきっと、自分を選んでくれるだろう。わかっていながら、こんな小さな子に選択の責任を負わせるようなことはしたくなかった。

悪いのは全部、自分だから。

馬車のそばまで行くと、そこにいたのはテセウスではなかった。

「セルカ様ですね」

「あの……」

「第二騎士団所属、レオール・サバランです。昨日はご自宅まで押しかけまして失礼いたしました」

言われてみれば、昨日家に来た男たちの中に、この顔があった気がする。短く刈り込んだ金髪の大男だ。シグルドが獣人なので考えたことがなかったけれど、テセウスも金髪だし、ラムガザルは金髪の人間が多いのかもしれない。

少し目つきが悪いが、軍属と考えればテセウスの柔らかい物腰のほうが規格外である可能性はある。リュクスが怯えないか心配だったが、何かを窺うようにじっとレオールを見ているだけで、怯えた様子はなかった。最近になって、急に大勢の人間と立て続けに出会ったため、慣れたのかもしれない。

「テセウス副団長は団長の下に様子を見に行っています。あとから馬で追いつくとのことでしたので、ご安心ください。とりあえずはこの場から離れましょう」

「は、はい」

うなずいて、手を貸してくれたレオールに従い馬車に乗り込む。テセウスがよほど気を遣ってくれたのだろう。馬車の中は子どもと二人で乗るには広い。また、座席はやわらかく、いくつかのクッションや、毛布などまで用意されていた。これならば長距離の移動でも体が楽だろう。

ここまでしてもらうことが申し訳ないなと思ったけれど、何か言う前にやや乱暴にドアが閉められ、馬車は走り出していた。

左右の窓は塞がれており、明かりが入ってくるのは御者側のドアの上にあるガラスの窓だけだ。だが、馬車の中が薄暗いことは、珍しいことではない。いつもの幌のかかった馬車も、窓などないし……。

それでもなんとなく不安になるのは、これからのことが心配だからだろうか。

リュクスには、いつ本当のことを告げるべきだろう。

早いほうがいいとは思う。けれど、とりあえずは目的地に着くのが先だ。

リュクスのことをいつだって一番に考えるべきだと思ってきた。けれど、これは自分のわがままで、ただシグルドの幸いを願うばかりのものだ。

リュクスにとっての一番の道ではないと、わかっているのに、選んでしまった。

……どうしてだろう。どうしてシグルドだったのだろう。

シグルドが、母が散々言っていたような『平民のことは同じ人間だとも思っていない』ような、最低の貴族だったならよかったのに。

そうしたら、こんなふうに愛さずにすんだのに……。


「――まだ眠っているようだ」

微かな人の声に、ふとセルカは目を開く。一瞬ここがどこだかわからなかった。

外はいつの間にか暗くなっていて、辺りはしんと静かだ。薬の匂いが鼻を掠めた気がした。

薬包の作業の途中で椅子に座ったまま居眠りをしてしまったのだろうか……そんなふうに考えて、すぐに自分が馬車に乗って移動していたことを思い出した。

あれからしばらくしてリュクスが眠ってしまったあと、セルカもいつの間にかうとうとしていたらしい。気を張っていたはずなのに……。昨夜、あまり眠れなかったせいだろうか。

そう思いつつ、体を起こそうとした、そのときだった。

「薬が効いているんだろう。朝まで目覚めないはずだ」

「今のうちに縛り上げておくか？」

「いや、自分の足で歩いてもらったほうがいい。子どものこともある」

ドアに寄りかかるようにしていたせいか、囁くような声が耳に入って、セルカは身を硬くした。

薬？　縛り上げる？

物騒な内容だが、子どもという言葉からすると、ひょっとして、これは自分たちに関係のあることなのか……？

　セルカは状況が分からずに混乱する。自分は、シグルドの部下の手配した馬車に乗ったはずだ。なのに、どうしてこんなことに？

　一体自分が眠っている間に何があったのだろう？　まさか馬車が襲われたのか？　そう思ってから、先ほどの声の一方に聞き覚えがあることに気づいた。

　そうだ、レオールと言っていた。おそらくあの男の声だろう。ということは、馬車に乗った時点から自分はだまされていたのだろうか？　いや、それよりも前から……？

　リュクスの様子が気になったけれど、今起きていることがばれるのはまずいだろうと思う。窓が塞がれているとはいえ、物音がしないとも限らない。幸い、聞こえてくる寝息は穏やかなものだから、体調に問題はなさそうだけれど……。

　先ほど言っていた『薬』というのが気にかかる。セルカは昔から様々な薬を試してきたため、人よりも薬の効きが悪い。特に眠くなる薬などは、発情を抑制する薬にも含まれている。男たちの想定よりずっと早く目覚めたのも、そのせいだろう。

　不幸中の幸いと、言えるのだろうか。

しかし、レオールたちは、一体自分とリュクスをどうしようとしているのだろう？　殺すなら、目を覚ます前にいくらでも機会はあったはずだ。

とりあえずわかっていることは、歩かせる気があることからも、今すぐに殺される心配はなさそうだということ、相手はレオールを入れて少なくとも二人はいること、そして、レオールと話していたのはテセウスではないということだ。

テセウスはどこにいるのだろう？　彼も敵なのだろうか？

――敵。

そう考えた途端、ようやく現実が伴ってきて、セルカの体がぶるりと震えた。

そうだ。事情は分からないが、自分たちは薬を使い、場合によっては縛り上げるつもりもあるような相手の手に落ちているのだ。

恐怖に背筋が凍り付きそうだったが、とにかく落ち着かなければならないと、必死で自分に言い聞かせる。

まさかこんなことになるなんて考えてもみなかった。

こうなってみると、今朝の自分がいかに冷静でなかったかがわかる。もちろん、テセウスは信用できそうだと思ったからというのが大きいけれど……。

テセウスとは完全に利害が一致していると思っていたし、そもそも本気で自分を遠ざけようと思ったら、ティントで自分を攫うことだってできたはずだ。

だが、ただ頭を下げただけで何一つ実力行使などせず、脅すような真似もなかった。だから、きっと、自分と同じようにただシグルドの幸いを思っているのだと、そう思ったのだ。

――いや、そもそもレオールはテセウスと繋がっているのだろうか？

不意にその可能性に気がついたけれど、今はそれを考えても仕方のないことだろう。

とにかく、落ち着いてここから逃げることを考えよう。

自分が起きていることはまだ知られていない。朝まで目覚めないという言葉からしても、時間はあるはずだ。不安になりすぎて、恐慌状態になることは避けたかった。

外の会話は途切れたままだ。足音のような些細な音までは聞こえないのか、二人がまだ近くにいるだけなのかはわからない。

どうするのが最善なのだろう？

セルカはそっと目を開ける。中は非常に暗く、ものの輪郭を捉えるのにも難儀する有様だったが、まだ馬車の中なのは間違いないようだ。

すでに目的地に着いているなら、寝ている間に下ろされていたのではないかと思う。そうでない以上、朝になればきっと馬車はもう一度動き始めるだろう。それまでにどうにか逃げ出したいところだが、馬車のドアには鍵がかかっている可能性が高い。

つまり馬車の外に出たかったら、どこかのタイミングで目が覚めたことにして、外から開けさせるほかない。

しかし、外に出ることができたとしても、そのあとはどうすればいいのか……。

リュクスを連れて、走って逃げる？　少なくとも相手の一人は、自分よりも体格のいい男である。正面切って戦うよりはましかもしれないが、逃げ切れるものではないだろう。

隙を突いて逃げ出すことができれば、勝機はあるかもしれない。だが、ここがどこなのか、まずそれがわからないことには……。

せめて外が見られればと思うが、窓は御者台側に一つだけだ。中腰になれば覗けるとは思うが、すぐ外に人がいれば起きたことがばれる可能性がある。

いや、もうそれは仕方がないか……。

このまま寝たふりをして朝を待つことに意味があるとは思えない。むしろ目的地に近づけば近づくほど逃げるのは難しくなると考えるべきだ。それに、使われたという薬のことも気になる。自分はともかく、リュクスの体に悪い影響が出るようなものなら、ますます猶予はない。

――――薬、か。

セルカは、自分が持ってきた薬に何があるのかを思い出す。

あれが、使えないだろうか。

馬車の中は狭く、密閉性も高い。その上、膝掛けなどの装備もあるため、今のところ寒くはない。だが、室内にせよ、室外にせよ、夜には火を焚くのが普通になりつつある季節だ。

暖炉やたき火などを利用しているなら、効果を高めることができる。そうでなくとも、相手が本当に二人だけというなら……。

眠らせることができなくても、体の動きを鈍くすることはできるはずだ。しかも、セルカ自身には使い慣れた薬であり、効果も少しは薄いはずだった。

リュクスへの影響だけは心配だったが、薬を使うまではここに置いていけば……。

「………」

セルカは覚悟を決めて、ゆっくりと荷物のあったほうへと手を伸ばす。

幸い、荷物を取り上げられているというようなことはなかったことに安堵する。暗い中、手探りで薬を取り出すのは多少難儀したが、すでに薬包の形にまとめておいたものは少ないため、別の薬と間違える心配も少ないのはよかった。匂いを嗅ぎ、間違いないと思ったものを手の中に握り込む。

絶対に実行するというわけではない。外の環境次第だ。どうやっても逃げられそうにない環境なら、とりあえずは諦めて戻ろう。

そう決めて、セルカはそっとドアのノブに手をかけた。やはり、ドアには鍵がかかっているらしく、ノブは下がらない。

「すみません、誰かいますか？」

慌てず、そう声をかける。返事まで、少しだけ間があった。

「はい、どうしました？」

レオールの声だ。やはり近くに待機していたらしい。

「すみません、いつの間にか寝てしまったみたいで……。今どういった状況でしょう？　確か夕方には街に着くという話でしたけど」

「……実は、予定していた街に団長が向かったという知らせがあって、念のために行き先を変更することになりました」

「シグルドさんが……？」

本当の話とは思えないが、話の流れには乗っておいたほうがいいだろう。

「知らせということは、テセウスさんはもう合流したんですか？」

「――ええ、一度こちらに来ましたが、また戻っています」

「そう……ですか」

テセウスの立場がまたわからなくなったなと頭の片隅で思ったが、今はそれを気にしているときではない。

「申し訳ありませんが、今夜は野営をすることにしました。お二人には、馬車で休んでいただければと思ったのですが、大丈夫でしょうか？」

野営、ということは、ここは屋外なのだろう。

街道沿いか、それとも逸れた場所なのか……。何もない場所であれば、逃げるのは厳しいかもしれないが、他に仲間がいるかはわかりやすいだろう。

「はい、問題ないと思います。何か、お手伝いすることはありますか？」

「いえ、準備は終わっていますので、お気遣いは不要です。ああ、何か食事をお持ちしますね」

「あ、いえ、食べ物はずっと眠っていたのでおなかも空いていないですし、気にしないでください」

空腹でないというのは本当だったが、また薬を盛られる可能性もある。

「ただ、あの、トイレに行きたいのですが……」

「……わかりました」

相手も疑われるのは得策ではないと踏んだのか、結局ドアを開けてくれた。そのことにほっとしつつ、外に出る。

「さすがに外は少し冷えますね」

そう言ってわざとらしく見えないようにと祈りながら、フードをかぶる。顔色や表情をできるだけ見られたくなかった。

どうやらここは森の入り口のようだ。これならば街道などよりはよほど隠れやすい。

「すみません、ちょっと失礼しますね」

少し離れた場所のたき火をやけにまぶしく感じつつ、セルカはまずは木立の中に分け入り、怪しまれないように用を足す。

用件のせいか、それともリュクスを馬車の中に置いてきたせいか、不自然なほど距離を詰められたりはしなかった。

向こうも別に、現時点でセルカが逃げ出すことを疑っているわけではないのだろう。

「あちらの方も、同じ団の方ですか？」

たき火の前には、男が一人座っている。先ほど話していた男だろうか。他に人影はないように思う。

「え？　ああ、そうです」

「寝る前に、お礼だけ言わせていただいてもいいでしょうか？」

「そんな、気を遣わないでください」

レオールの言葉は歓迎するものではなかったが、無視できないほど強いものではない。セルカは他意などないというように、にこにこと微笑んでたき火へと近づく。

「今回は、お世話になります。すみません。なんのお手伝いもせず……」

「……いいえ、我々は軍属ですので、こういったことも慣れていますから」

膝を突き、深々と頭を下げたセルカに、男はにこりともせずにそう言った。レオールよりは小柄だが、歳は少し上のように見える。

「あの、そういえば、シグルドさんの目をごまかすために持ってきたパン種があって……どこかで捨てていければ助かるんですが」

　そう言いながら、セルカは馬車のほうを何気なく指さす。二人の視線が一瞬そちらに向いたのを見て、薬包をたき火の端に落とした。

　うまくいった、とそう思ったのだが——火がついた途端、そこがぼうと赤紫に光った。

「なんだ、今の……」

「何かしたのかっ？」

「あっ」

　突然レオールに腕を捻り上げられて、セルカは短い悲鳴を上げる。

「な、なんの話ですか？　離してくださいっ」

「ごまかすな！」

「ごまかしてなんて……っ」

　痛みに眉を顰めつつ頭を振る。かぶっていたフードがとれた。

「はな、して……、俺は本当に何も……っ」

　体格が違いすぎる上に、相手は力が強く、振りほどこうにも動かない。痛みに涙目になりつつも言い募ったが、相手はただこちらを見下ろすばかりで何も言わなかった。

「——なるほどなぁ」

　口を開いたのは、もう一人の男のほうだ。

「子どもがいるとは思えねぇような美人じゃねぇか」

「お、お前何を……！」

「あぁっ」

レオールが狼狽えたように言った途端、弾みで腕を上に引かれ、セルカは堪らずに痛みに呻いた。レオールの手が驚いたように緩む。

セルカは渾身の力で、レオールに体当たりをし、その手を逃れた。だが……。

「あ……っ！」

すぐに再び捕まえられて、地面へと転がされてしまう。ぶつけた肩が痛んだが、それ以上に先ほど捻られた腕が痛い。

「なんで、こんなこと……」

薬が効くまでにはまだ時間がかかる。自分はまだ何も気づいてなどいない、ただ腕を捻られて驚いただけだという振りをするしかない。

そう思ったのだが……。

レオールは、セルカの上に覆い被さると、片手でセルカの手をひとまとめにして地面へと押しつけた。

「レオールさん……？」

自分をじっと見下ろしているレオールの顔は、疑いや怒りとは違う別の表情を浮かべているように見える。

もう一人の男が立ち上がり、こちらに近づいてくる。

「番のいるΩなんてものに、なんの価値があるのかと思っていたが……」

レオールの言葉に、セルカの頭の側にしゃがみ込み顔をのぞき込んでくる男がどこか小馬鹿にしたように笑う。

まさか、と思った。

「やはり、βとは違うもんなんだな。あの『将軍』が執心するだけのことはある。なぁ？　お前もそう思うだろ？」

そう声をかけられたレオールは、ちらりと男を見て忌ま忌ましげに舌打ちをする。

セルカは信じられない思いでレオールを見上げていた。さすがに自分が今、どういう状況かはわかる。だが今更、もう番を得たあとになって、襲われることがあるなんて考えてもみなかった。

「や、やめてください……お、俺はシグルドさんの、番で……」

土に髪が擦れるのもかまわず、セルカは頭を振る。だが、レオールの手は容赦なくセルカの体へと伸ばされた。

分厚い上着を留めてある革紐を引きちぎるように外し、サスペンダーもそのままにシャツの裾をズボンから引きずり出された。

「いや……！　なんで、こんな……っ」

どうにか逃れようと身を捩る。殺されるかもしれないとは思ったけれど、こんなことになるなんて考えてもみなかった。

「おい、押さえてろ」

「しょうがねぇな」

男が、レオールに掴まれていたセルカの手を押さえる。レオールは片手をセルカのシャツの下に潜り込ませた。もう片方の手がサスペンダーのボタンを外す。

「や……っやめて、やめてくださいっ」

熱を持ったように感じる手が、肌を這い回る。

手が動くたびに気持ちが悪く、怖気が走るけれど、どれだけ暴れようとしても二人がかりで押さえられてはどうしようもない。

「だめです……っ、やだ……っ」

レオールの手がズボンのボタンにかかり、そのまま下着ごとズボンを引きずり下ろした。

「いやぁ……っ」

シグルド以外の誰にもさらしたことのない肌を暴かれる恐怖に、セルカは涙がこぼれるのを止めることができない。

殺されるよりましだなんて、とてもではないが思えなかった。

誰にも触れられたくない。シグルド以外、誰にも……。だが、そう思った途端ますます涙があふれて止まらなくなった。

こんなときに、シグルドを思い出すなんて、助けて欲しいと思うなんて、自分はどれだけあさましいのだろう。

自分から、手を離したのに。

なのに――……。

「セルカ！」

「ぐあっ」

耳に届いた声に、信じられない思いで目を開いた。摑まれていた手が自由になる。自分の上にあったはずのレオールの体が、横飛びに吹き飛ぶのが視界の端に映った。

「無事か!?」

「……シグルド……さん？」

抱き寄せられて、セルカは呆然と呟く。頬に当たる毛並みは、確かに覚えのあるもので……。

「な……なんで、なんでここに……」

「セルカを追ってきたに決まっているだろう……っ」

夢でも見ているのではないかと思う。だが、ぎゅうぎゅうと痛いほどに抱きしめられて、少しずつ実感が湧いてくる。

同時に、一度は驚きで止まっていた涙がどっとあふれた。

来てくれた。また、シグルドのほうからセルカの下へ……。

「シグルドさん……っ」

もう、だめだと思ったのに、まさかシグルドが助けに来てくれるなんて……。

「体は、平気か？」

抱いていた腕を外し、シグルドがセルカの顔をのぞき込んでくる。濡れた頬を、指で拭ってくれた。

本当に助かったのだ。シグルドが一度体を離し、乱された服を直してくれる。まるで子どものように、セルカはされるままになっていた。

背後にレオールともう一人の男が、倒れているのが見えて、あんなに屈強そうな男を一瞬で倒してしまったらしいシグルドの強さを改めて思い知る。

「はい……まだ何も……少し触られただけで」

「そうか……。頼むから、二度と俺から離れないでくれ」

懇願するような声に、うなずきそうになって、セルカは躊躇う。

「――――でも、シグルドさんはラムガザルに戻れば、幸せになれるでしょう？」

セルカの言葉に、シグルドは驚いたように目を見張る。

「爵位も領地もいただけるんでしょう？　新しく番を得ることだってできると……。俺には、

あなたにあげられるものなんて、何もないんです」

「何もない？」

シグルドが唸るように言って、再びセルカの体を抱きしめた。

「そんなはずがあるか！」

「シグルドさん……？」

「俺の幸いは、ここにある。セルカなくしてはあり得ない」

シグルドの幸い。

「セルカと、君が与えてくれた子ども。それ以上に価値のあるものなんて、何一つないとどうしてわからない……？」

苦しそうな声で告げられた言葉に、胸の奥が甘く捻れた。

痛くて、泣きそうで、でも……それは確かに幸福だった。

「他の番など作る気はない。爵位など捨ててかまわない。セルカは、俺といて幸いだと思ってはくれないのか？」

「……………ごめんなさい」

せっかく拭ってもらった頬が、また濡れる。

「俺も、ずっと幸せでした。あの家で、あなたとリュクスと暮らすことが、本当に……」

「だったら、これからもそうしよう。俺と君と、リュクスと三人で……いや、子どもは増えてもいいかもしれないが」

　背中をやさしく撫でられて、セルカは少しだけ微笑んでうなずく。

「それにしても、どうしてここがわかったんですか？」

「テセウスが知らせてくれた。元々は、あいつの策ではあったらしいが……」

「テセウスさんが……」

「詳しい話は戻ってからにしよう」

　シグルドがそういったときだった。

「団長！　ご子息は馬車の中に……」

　聞こえた声に、セルカははっとして顔を上げた。テセウスが、リュクスを抱きかかえている。

「リュクス」

　セルカが名前を呼ぶと、テセウスの腕の中でリュクスがわずかに身じろぐ。

　まだ薬が効いているのだろう。目を覚まさないが、先ほどから変わった様子もないようだ。

　ほっとすると同時に、セルカはあることを思い出した。

「あっ、シグルドさん、実は……――」

「リュクスはまだ眠っているのか？」

「はい。でも、使われた薬からすると、問題はないみたいです。お医者さんも、大丈夫だと言ってくれましたし」

念のために一晩病院で面倒を見てくれるというので、先ほど預けてきたところだ。

ここは先ほどの森から一番近い街の、宿屋の一室だ。客の少ない時期なのか、幸いにも部屋は空いていた。セルカは暖炉の前に置かれた椅子に座り、シグルドがリュクスのために頼んでおいてくれた湯を使って、軽くだが体を清めていく。顔を洗い、足や髪などを固く絞った布で拭くだけでも、多少はさっぱりした。

服は上着とズボンが土で汚れてしまったり、ボタンがなくなってしまったりしたため、今はシャツと下着だけを身につけている状態だ。

あのあと、レオールともう一人の男をテセウスたちに任せて、セルカたちは馬車でこの街まで来た。御者を務めてくれたのは、シグルドの元部下である騎士団員だ。

最初はシグルドが馬で連れて行くと言っていたのだが……。

「シグルドさんは、どうですか？　眠かったり、めまいがしたりは……」

「いや、大丈夫だ。馬車の中で少し眠ったせいか随分すっきりしている」

シグルドは、セルカが仕掛けた薬をたき火の近くで吸引してしまった。成分の多くは火に触れたあの一瞬で飛散したはずだが、やはり多少は影響があったようだ。

「だが、あの状況で薬を仕掛けるとはな……セルカの豪胆さには驚いた」

「……上手くは、いかなかったですけど」

苦笑して、セルカは湯の入った桶を部屋の隅に寄せると、シグルドの隣のベッドへと腰掛ける。

けれど……。

「こちらに来てくれないのか？」

そう言われて、頬がカッと熱くなる。

「でも、シグルドさんもまだ薬の影響が……」

「大丈夫だと言っただろう？」

その言葉に、迷いつつもセルカはシグルドの隣に座り直した。途端に、当然のように腰を抱かれて、シグルドの肩に体を預けるように寄りかかってしまう。少し恥ずかしかったが、このほうが、顔が見えなくて話しやすいかもしれない。

「訊きたいことはいろいろとあるんだが……まずはこちらから話そうか」

そう言うと、シグルドはここに至るまでのことを説明してくれた。

セルカの残した手紙に気づいて村に向かったことや、途中でテセウスに会い、事情を問い質したこと。テセウスは、馬車の手配をしていたはずのレオールとの連絡がつかなくなり、セルカの安否を確かめに村に来ていたのだという。

「やっぱりあの二人は、テセウスさんとは違う意図で動いていたんですね」

「ああ、レオールと一緒にいた男は団の人間ではなかった。まだ話を聞いてはいないが、身体的な特徴からして、コルディアの人間である可能性が高いだろうな」

「戦争をしていた……？」

「ああ。あいつらは俺を恨んでいるだろうしな。レオールは、俺の元部下で、真面目な男だったが……簡単に言えば、政治的な問題に巻き込まれたんだろう。あいつの家は、俺の家とは派閥が異なるからな。俺が出世することをよく思わない人間も多いということだ」

「そんな理由で……」

テセウスは、本当にシグルドを慕っている様子だった。なのに、同じように下についていた人間が、シグルドを陥れようとしたというのは、信じ難いことのように思えたし、シグルドもショックだっただろう。

「セルカがそんなに落ち込むことじゃない。……よくあることだ」

「そんなの……余計悲しいです」

もちろん、裏切られることなんて、生きていればいくらでもあるのだろう。

そして、自分のしたことだってきっと、シグルドからしたら裏切りと映ったに違いない。

「ごめんなさい……」

「二度と離れないと誓ってくれれば、それでいい」

謝罪を口にしたセルカに、シグルドはやさしい声で言った。

「それは……」

セルカは一度言葉を呑み、ゆっくりと口を開く。

「シグルドさんは、本当にいいんですか？」

「いいに決まっている。さっきも言っただろう？　セルカこそが、俺の幸いなんだと」

「でも、最初は……俺が、シグルドさんを巻き込んだだけで、シグルドさんは俺を選ばざるを得なかったんだと思うと、やっぱり申し訳なくて……」

あのとき、自分がヒートなど起こさなければと、どうしても考えてしまう。

「俺は、俺がセルカを自分のものにしたくて抱いたのだと、言わなかったか？」

「それは、聞きましたけど……でも、それだって、ヒートのせいでしょう？」

セルカがそう言うと、シグルドは一つため息をついた。

「はっきり言うが、俺がセルカに惚れたのは、ヒートのせいじゃない」

「え？」

惚れた？　そんな話は初めて聞く気がして、セルカはぱちりと瞬く。

「ティントの街でセルカにぶつかって助け起こしたとき、一目見て、この人が俺の運命の番だと思った。……まぁいわゆる一目惚れだな」

「え？」

「軽蔑しないで欲しいんだが……俺はセルカがΩだとわかっていて、引き留めるために案内を頼んだし、食事にまで付き合わせた。酒を飲ませたのも、あのまま帰す気なんてなかったからだ」

「え？」

「発情期じゃなかったとしても、どうにかして口説いて、俺のものにして、国に連れて帰るつもりだった」

「……嘘ですよね？」

「本当だ。我ながら、少々みっともないとは思うが、それくらい必死だった」

少し恥ずかしそうに、だがあっさりと肯定されて、セルカは言葉を失った。

シグルドが自分に一目惚れして？　引き留めるために案内させて酒を飲ませて？　口説いて連れて帰るつもりだった？

「は、初めて聞いたんですけど？」

「……ここまで告げたら、幻滅されるのではないかと思ったからな」

幻滅される……いや、確かに驚いたし、最初に知っていたら腰が引けたかもしれない。

でも、そんなの今になって聞かされたら……。

「きっと、君に別の番がいたとしても、攫って自分のものにしただろう」

「……運命の番だと思ったからですか？」

それは、おとぎ話だ。

Ωとαには、お互い、たった一人の運命の番がいるという。セルカも子どもの頃に聞いたことがあった。そのときは自分がΩだなんて思ってもみなかったし、ラムガザルにも同じ話があるなんて、知らなかったけれど……。

「あのときは、もちろんそうだった」

シグルドはうなずく。

「セルカは何も感じなかったか？　俺と出会って……」

「それは……」

何も感じなかった、とは言えなかった。

だが、セルカにとってシグルドは初めて出会った獣人αだったから、獣人というのはこういうものなのかと思ったのだ。

けれど、確かにあのとき出会ったのがシグルドでなければ、いくら頼まれたところでαの、しかも貴族なんかの手伝いをしようなんて思わなかっただろう。

それが、シグルドのいう運命と同じものなのかは、わからないけれど。

「……少なくとも俺が、四年も経って、憎まれているだろうと思っても諦めきれずに会いに行ったのは、そうだと信じていたからだ」

たった一目、たった一晩。

それでも、どうしてもと望まれていたことを知って……けれどそれはやっぱり自分がΩという性別で、シグルドを縛り付けたようにも思えて、セルカは複雑な気持ちになる。

シグルドがそれで納得しているのなら、いいのかもしれないけれど……。

「でも」

「わっ……」

シグルドはセルカをぐいっと後ろ向きに足の間に抱き上げると、ぎゅっと抱きしめてきた。

「一緒に暮らすうちに、ますます好きになった。大変だったのは自分なのに、俺のことを憎まずにいてくれたやさしいところも、いつも一生懸命に頑張っているところも、リュクスといるときの母親のセルカも、俺の腕の中でかわいい顔をしているセルカも全部好きだ。まぁ、もう少し俺に寄りかかって欲しいと思うこともあるが……」

大きな口から、そっと静かに紡がれる言葉に、セルカはうれしいのになんだか泣きたいような、そんな気持ちになる。

「セルカが俺の運命でよかった」

「――……俺もそうです」

何度も、どうしてシグルドだったのだろうと思った。シグルドでなければ、愛さずにすんだのにとさえ……。

　でも、本当は――……。

「……運命はわからないですけど、俺の番がシグルドさんでよかったって、心から思っています」

　腹の前に回っている手に、そっと手を重ねて、少しだけ後ろに体重をかけて寄りかかる。

　もちろん、シグルドの言う『寄りかかる』はこういう物理的なことではないのだろうけれど……。

「もう、二度と逃げません。ずっと、シグルドさんが逃げ出さない限り、そばにいます」

　四年前も今回も、結局自分は逃げ出してしまったけれど……。

　シグルドが、セルカを幸いだと呼んでくれるなら、これからはずっと寄り添っていたい。

「なら、もうずっと一緒だ」

　すり、と頰を寄せられて、くすぐったさにセルカは首をすくめる。

　けれど……。

「あ……っ」

　添えていた手をそのままに、シグルドの手がゆっくりと動いて、セルカは思わずその手をぎゅっと握って止めてしまう。

「なんだ、だめか？」

「だっ……」

笑いを含んだ声で囁かれて、カッと頬が熱くなる。

セルカは言い訳を探すように、うろうろと視線をさまよわせたが、やがて諦めてゆるゆると頭を振った。

「だめじゃ、ない……です」

「よかった。――だめだと言われても、止まれなかっただろうから」

囁く声に混ざる欲情の色に、ぞくりと背筋が震える。

「ん、ぅ……っ」

背後から回された手がシャツの下に潜り込み、セルカの胸元を撫でる。あえて乳首には触れないようにしているのか、その周りをやわやわと揉まれてもどかしいような気持ちになる。

シャツの下で、見えないのに、まだ触れられてもいないそれが、つんと尖っているのがわかった。こんな場所に触って欲しいと思うのは、どうしてなのだろう。

「セルカの胸が薄いのに柔らかいのは、やはりΩのせいなのか？」

「そんなの……わからない、です」

意識したこともなかった。

「いつまでも、触っていたくなる。ここは……」

「あっ、あ…っ」

シグルドの指が乳首に触れた途端、びくりと肩が揺れた。

「こんなに尖って、固くなっているのに」

「んっ、ん……っ」

尖りの周囲をゆっくりと指先で円を描くように撫でられて、ぞわぞわと腰の奥に快感がわだかまる。

足の奥がとろりと濡れてしまうのがわかって、セルカは膝を擦り合わせた。

「ま、待ってください……」

「気持ちよくないか？」

「し……下着、濡れちゃいます、から……」

「だったら、少し腰を浮かせて」

言われるままに軽く腰を上げると、するりと下着が下ろされた。子どもにするように、足から抜かれて頬が熱くなる。

「これでいいな」

「あ、あ、あん……っ」

再びシャツに潜り込ませた指が、乳首を絞るように摘まんだ。先端だけをくりくりと撫でられると、甘い声がこぼれてしまう。つま先がぴくんと揺れて、セルカは無意識に指から逃れようと体を丸める。

「ひ、あっ」

途端、無防備にさらされた首筋を甘噛（あまが）みされて、セルカは目を見開いた。

「あ、あ、あぁ……っ」

番（つがい）の証（あかし）である噛み痕（あと）の上に重ねるようにして、牙（きば）がわずかに埋（う）まる。ぞくぞくと、背筋に寒気にも似た快感が走った。

「あ、ん……それ……っ」

「うん？　ここを噛まれるのが好きか？」

「やっ」

傷痕をゆっくりと舌で舐（な）め上げられて、びくんと体が震える。

まだほんの少し、触られただけなのに、中がとろとろと蕩（とろ）けていく。シグルドに触れられているのだと思うと、それだけで堪（たま）らなく気持ちよくなってしまう。

すぐに中に欲しくなってしまう体の、あさましさが恥（は）ずかしいと思うのに、背中に当たるシグルドの熱をどうしても意識してしまう。

乳首を弄（いじ）られて腰が揺れるたびに、少しずつ固くなっていくのがわかる。自分に触れることで、シグルドが興奮してくれているのだと思うと、ますます堪らない気持ちになった。

「シグルド、さん……っ」

「なんだ？」

セルカは体を捻（ひね）り、シグルドの顔をのぞき込む。

「し、シグルドさんはもっと、ゆっくりするほうが、好きなのかもって思うけど……俺……すぐ中に欲しくなっちゃって……」

セルカの言葉に、シグルドの動きが止まる。やはり呆れられただろうか。さすがにまだ、早すぎただろうか。

「だめ、ですか？　入れて、くれませんか……？」

羞恥のあまり涙目になって、それでもそう口にする。顔が燃えるように熱い。

「――だめなわけがない」

「あっ」

シグルドはセルカの体を持ち上げると、今度は向かい合わせに膝に乗せた。足を広げてシグルドの膝をまたぐような体勢だ。開かれた場所に後ろから指が入り込んでくる。

「あんっ、あっ、あぁ」

すでに濡れていたそこは、あっさりと指を飲み込んだ。それどころか、指が動くたび、ぐちゅぐちゅと濡れた音を立てる。

シグルドが指を増やしても、そこは抵抗なく飲み込み、それどころかもっとというように締めつけた。

「本当に欲しがってくれているんだな」

「あ、んっ、ごめ、なさい……っ」

「謝る必要なんてない。むしろうれしい」

そう言われて、ほっとする。

「俺も、いつでもセルカの中に入れたいと思ってる……取り出してくれるか？」

シグルドはセルカの中から指を抜き、支えるように左腕で腰を抱いた。

「は、はい……」

手を取られて、シグルドのものへと導かれる。まだズボンの中にあるそれは、すでにかなりの大きさになっているように思えた。

震える指でボタンを外し、下着に指をかける。

「あっ」

勢いよく飛び出してきたものに、セルカは驚いて声を上げてしまった。自分のものとは、比べものにならない大きさだ。今までも目にしたことはあったし、もう何度も、自分の中に入ってきたことのあるものなのに……。

こんなに大きいものが、入ってきていたなんて……。

無意識にごくりとつばを飲み込んで、おそるおそる手を伸ばし、触れる。

「俺もすぐにでもセルカの中に入りたがっていると、わかってくれたか？」

「っ……」

その言葉にセルカはなんて答えていいかわからずにはくはくと口を開閉させ、結局小さくうなずいた。

「……俺の肩に手を突いて、腰を上げて」

言われるままに従うと、ぐいと腰を抱き寄せられる。

「そのまま、腰を下ろしてくれ」

セルカはぎゅっとシグルドの肩を摑む手に力を入れて、そろそろと腰を下ろす。やがて、先ほど指で広げられた場所に、熱いものが当たった。

「あっ」

驚いて一度は思わず腰を上げてしまう。けれど……。

「難しいか？」

そう問われて頭を振り、もう一度ゆっくりと腰を落としていく。

入り口に押しつけたとき、くちゅりと、音がした気がした。

「あ、あぁ……っ」

少しずつ、先端が中に潜り込んでくる。そして、太く膨らんだ場所まで飲み込んだときだった。

「ひぁっ、あ、あぁ――――っ」

突然、下から軽く突き上げられて、衝撃にセルカの膝が崩れ落ち、そのまますべてを飲み込んでしまう。

視界がちかちかと明滅した。自分が絶頂に達したことに、一息遅れて気づく。

けれど……。

「や、あ、あっ……あぁ……っ！」

びくびくと震えるセルカの中を、シグルドがゆっくりと突き上げ始めた。

「あ……あんっ、まだ、イッてる……のに……っ」

中を突かれるたびに、びくびくと体が震える。

「あ、あ、んっ、あっあっ、も、だめ…待って、待ってくださ……っ」

揺すられて、高い声をこぼしながら、頭を振る。

まるでずっと絶頂にいるような、そんな気がした。発情期でもないのに、こんなに長く快感が続くなんて……。

「やぁっ……おかしく、なっちゃう、から……っ」

何度も奥を突かれて、セルカは果てのない快感に身もだえる。

中を擦られる感覚に、震えが止まらない。頭がおかしくなりそうなくらい、気持ちがいい。

シグルドと繋がっているのだと、そう思うだけで、何もかも満たされていくような気がした。

やがて、ひときわ強く突き上げられるのと同時に、ぐっと腰を押さえられて、シグルドのものが根元まで入り込んでくる。

「ああ――――……っ」

中で出される感覚に、セルカはひときわ強い快感を覚えながら、ゆっくりと意識を手放した
……。

◇

「えい！　えいっ！」

「よしよし、リュクスは筋がいいな」

冬の午後。

窓の外では、木剣を振るリュクスに、シグルドが楽しげに声をかけている。

室内で薬草の選別作業をしていたセルカは、少し休憩しようと湯沸かし用のポットを竈にかけて、空気の入れ換えのために窓を開けたところだった。

――セルカがリュクスを連れ、シグルドの前から姿を消そうとした日から半月。

森の中は少しずつ、冬支度が始まりつつあった。

セルカの仕事も室内でできるものがほとんどになり、手の空く時間も多い。もっとも、去年のこの時期は歩き回るようになったリュクスにつききりで、落ち着いて薬を包む時間を捻出することも難しかったのだけれど……。

今年はシグルドがリュクスにかまってくれているので、随分と余裕がある。

結局、シグルドはラムガザルには帰らなかった。

セルカは、一緒に行くこともかまわないと言ったのだが、シグルドにはすっかりその気がなくなってしまったらしい。いつの間に送っていたのか知らないが、実家への安否を尋ねる手紙に対しての返事が届いたことも大きいようだ。

テセウスもあんなことがあったせいか、強くは言えなかったのだろう。一度だけ謝罪に訪れたが、それ以降セルカへの接触はない。

シグルドには一度手紙が来たが、内容はレオールたちの処分についてのものだった。

残酷な内容だからと、見せてもらうことはできなかったけれど、嘘ではないと思う。

結局何もかも元通りの生活になったことで、セルカは自分の短慮を恥じ入るばかりだったが、シグルドはシグルドで、怒るどころか自分の側の事情に巻き込んですまなかったと謝罪するばかりだった。

お互いに謝罪し合うのが次第におかしくなって、結局あの件についてはほとんど触れることはなくなった。

まぁ、シグルドのほうは、セルカが危険な目に遭ったことについては密かに怒っているようだが、言い出したらまたセルカが自分の不注意だったと謝罪するので封印しているようだ。

しゅんしゅんとお湯の沸く音がして、セルカはキッチンへと向かう。薬草やリンゴを入れたポットにお湯を落として、もう一度窓へと近づく。

「シグルドさん！　リュクス！　お茶にしませんか？」

大きな声で呼びかけると、二人が振り返った。

「お茶飲むー！」

リュクスがそう言うと、シグルドもうなずく。

「じゃあ、手を洗ってきてくださいね」

「はーい！」

セルカの言葉にいい子で返事をすると、リュクスが井戸に向かって駆け出す。シグルドも早足であとを追っていった。

それを見送って、セルカは窓を閉め、蒸らしの終わったお茶をカップに注いでいった。

リュクスのものに蜂蜜を落とし、くるくるとスプーンでかき混ぜる。テーブルの真ん中には、お茶に入れた残りのリンゴが、櫛形に切られて置かれていた。

「洗ってきたー」

元気よくドアを開けて入ってきたリュクスが手を差し出してくる。ひんやりとした手に触れて、いい子だと頭を撫でるとシグルドがリュクスを椅子に乗せた。

「リンゴだー」

うれしそうに言うリュクスに、思わず笑みがこぼれる。

――ずっと続いて欲しいと願った光景が、ここにある。

一度は自分で捨てようとしたそれを、シグルドが守ってくれた。

今度こそ、ずっと大事にしようとそう思いながら、セルカも椅子に座ろうとした、そのときだ。

「っ……」

突然吐き気を覚えて、セルカは口元を押さえ流し場へと向かう。

「う、ぇ……っ」

食べたものを戻しても、吐き気は治まらなかった。ここ数日胸がむかつくような感じはあったが、実際に吐いてしまったのは今日が初めてだ。

まさか、と思いつつえずいていると背中に大きな手のひらが当てられた。

「大丈夫か？」

ゆっくりと背中をさすられて、しばらくしてセルカはようやく顔を上げる。

「おかーさん、だいじょぶ？」

そう言いながら、リュクスが心配そうに水を入れたカップを手渡してくれた。

「……大丈夫だよ。ありがとう」

口をすすぎ、セルカはようやく微笑む。

それでもおそらく顔色がよくないのだろう。リュクスは泣きそうな顔をしている。

「心配してくれてありがとう。リュクスはいい子だね」

セルカがリュクスの頭を撫でると、リュクスはようやくパタリと尻尾を振った。

「でも、本当に大丈夫だから」

この症状は、初めてのものではない。

四年前にも一度、味わった。

あのときは、セルカはこの家にたった一人で、背中をさすってくれる手もなく、水を運んでくれる人もいなかったけれど……。

「セルカ、まさか……」

「多分、そうだと思います」

おそらく前回の発情期のときだろう。

シグルドの言葉にセルカは、そっとはにかむ。

『子どもは増えてもいいかもしれないが』

あの日、シグルドの言った言葉は思った以上に早く実現しそうだと、そう思いながら……。

あとがき

はじめまして、こんにちは。天野(あまの)かづきです。この本をお手にとってくださって、ありがとうございます。

まだまだ温かいお茶が手放せない日々ですが、昼間はそろそろ春めいてきているようです。まったく外に出ていないので、春を感じることはまだできていないのですが……。

今回のお話は、Ωであることを隠(かく)して暮らす薬師の受が、偶然(ぐうぜん)出会った獣人のαである攻と関係を持ってしまったものの、身分差を危惧(きぐ)し、その場から逃(に)げ出してしまう。しかし数年後、そのときの子を一人で育てていた受の元に攻が現れて……というものです。

ここまでがっつり子育てものを書いたのは初めてだったので、いろいろと表現に迷うことも多かったです。その中でも一番大変だったのは、なぜか今回ボリュームが無限に増え続けていったことでしょうか……。いつになく長いお話になっていますが、最後まで楽しんでいただければうれしいです。

今回のイラストは、陸裕千景子先生が引き受けてくださいました。本当にありがとうございます。表紙のかっこよくて美麗なキャラももちろんですが、モノクロのかわいらしい団欒のイラストなども本当に素敵で、編集部から送っていただいた画像を開いてはニヨニヨしています。
また、陸裕先生には現在、雑誌「エメラルド」にて、『蛇神様と千年の恋』のコミカライズもしていただいており、二〇二一年四月二十八日発売予定「エメラルド春の号」には、最終回が掲載されます。毎回とても素敵な漫画にしていただいていておりますので、ぜひ皆様も楽しんでくださいね。原作小説も文庫や電子書籍で販売していますので、併せてよろしくお願いいたします。

そして、担当の相澤さんには、今回もまた大変お世話になりました……。本当にありがとうございます。わたしが言うなという感じがひしひしとしますが、お体には気をつけてください。今後ともよろしくお願いいします。

最後になりましたが、この本を手にとってくださった皆様、本当にありがとうございました。今回のお話は、楽しんでいただけたでしょうか？　子育てものという新しいジャンルへの挑戦だったこともあり、これを書いている今も皆様の反応を想像してそわそわしています。少しでも明るい気持ちになっていただけていれば、いいのですが……。

では、最後になりましたが、お体にはくれぐれもお気をつけてお過ごしください。皆様のご健康とご多幸を心からお祈り(いの)しております。

二〇二一年　三月

天野かづき

おおかみしょうぐん
狼将軍のツガイ

あまの
天野かづき

角川ルビー文庫　22660

2021年5月1日　初版発行

発行者――青柳昌行
発　行――株式会社KADOKAWA
〒102-8177　東京都千代田区富士見2-13-3
電話 0570-002-301（ナビダイヤル）
編集企画――エメラルド編集部
印刷所――株式会社暁印刷
製本所――株式会社ビルディング・ブックセンター
装幀者――鈴木洋介

●お問い合わせ
https://www.kadokawa.co.jp/（「お問い合わせ」へお進みください）
※内容によっては、お答えできない場合があります。
※サポートは日本国内のみとさせていただきます。
※Japanese text only

ISBN978-4-04-111265-6　C0193　定価はカバーに表示してあります。

◇◇◇

大好評発売中！
天野かづき
イラスト★陸裕千景子
蛇神様と千年の恋
へびがみさまとせんねんのこい
神域に連れ去られた人の子と、
人に恋い焦がれた蛇神様の恋物語。
寿
愛しくて、恋しくて、そばにいたくて。
永久に、この恋が続きますように――。
ある日、亡くなった祖父の家に向かった千秋は、家の裏手の祠で長い白髪と赤い瞳をした美しい顔立ちの男に出会う。
「迎えにくると言っただろう？」と、男が千秋を強引に連れ去った場所は神域と呼ばれる神様の世界で…!?
角川ルビー文庫
KADOKAWA